붉은 사유가 만발한 서정의 길목

160
열린시학 시인선

붉은 사유가 만발한 서정의 길목

김현경 시집

고요아침

　시인이 되겠다는 생각과 시인이 되었다는 생각이 상
호 교차한다. 각오와 벅참이 하나의 교집합이 되어가던
날, 조용히 눈을 감고 창가에 기대어 많은 생각을 해본
다.

　무심코 걷던 강변도, 무심히 서 있던 한 그루의 나무
도 나에게 속삭이는 것만 같았다. 모두가 시어라는 줄
기를 늘어뜨리고 나를 바라보고 있는 것만 같았다. 가
볍게 흔들리는 가지들이 자꾸만 나에게 시로 다가왔다
멀어져 갔다.

　그 중간에 서서 우아한 생각을 해가며 긁적이기 시작
한다. 꽃이 자라고, 삶이 자라고, 내면의 생각들이 키를
키워가고 있었다. 그들이 쌓여서 한 줄의 시가 되고 의
미가 되고 의미가 되었다.

　이러한 모든 것들이 평범한 일상에서 꾸어지는 꿈보
다 정제되고 숙성된 내면이 진솔하게 표현되었길 기원
해본다.

2025년 9월

김현경

■차례

시인의 말   05

1부 비가 내린다

비 내리는 일요일   12

디근 자형 마당   14

흰 고무신   16

작은 새의 심장이 퍼덕거린다   18

성자   20

낡은 창가   21

담벼락   23

푸른 복도   25

입관   28

어둠이 내린다   30

2부 사랑이란 별로 뜨는 저녁

사랑   34

고해   36

둥지를 떠난 사람   38

바람의 방향   40

바람   42

파도 소리   43

낡은 이별   45

재회   47

사랑한다는 것은   49

그 비는 그렇게 내렸지   51

3부 수국꽃은 풍경소리에 실려 돌계단을 내려갔다

수국꽃 설화   54

잎의 사원   56

백일홍 꽃잎   57

날개 달린 풍장   59

아득하다   61

마른 슬픔   63

마음의 조율   64

붉은 슬픔   66

붉은 감정   68

바람의 이력   69

4부 내게 주는 밤의 예찬까지

모래사막   72

책장 위에 올려   74

모서리   76

말랑말랑했다   78

병실엔 인어가 누워있다   80

밤   81

딸기를 말리다가   83

메꽃 한 송이   85

만약 파도가 바다에게 영혼이라 말한다면   87

립 서비스   89

5부 천년 세월 뭉툭해진 침묵

날 것의 얼굴   92

바위   94

누군가의 간식   96

틀   98

찔레꽃   100

일렁이는 국화 향기   102

밤의 바다   104

맹수의 흔적   106

돌아온 길   107

심장   109

6부 흐린 날엔 먹구름 같은 마당을 쓸었다

어둠을 털어내고   112

말랑해진 식빵   114

흐린 날엔 먹구름 같은 마당을 쓸었다   116

정지된 순간   118

어두운 골목 안에는 별들이 살고 있다   119

길을 줍는다   121

무제 그리고 명제   123

슬픔의 질량   125

고등어   127

지금 아픈 건, 들국화   129

7부 여인은 붉은 등불을 들고 가을처럼 왔다

그대, 가을이 왔다   132

숭숭한 구멍   134

빗방울 서사   136

해가 나에게로   138

낡은 배 해안가에 서 있다   140

달리기   142

밤마다 허리를 흔든다   144

눈물의 정의   146

불빛   148

8부 통통 부은 눈동자가 자꾸만 움직이는 거야

손   152

찐 계란   154

비틀거리는 가을   156

울고 싶을 땐 이유가 필요해   158

구겨진 과자봉지   160

얼룩   162

달빛은 길어진다   164

발등의 혼인   166

해설_몸의 철학을 읽어내며/이상호   168

1부

비가 내린다

비 내리는 일요일

드넓은 우주 공간마다 검은 일요일이 털뭉치처럼
뭉쳐 있다
회색 마음 틈 사이로 낯선 전화벨 소리가 들려오고
유전자 변형을 끝낸 먹구름이
수만 가닥의 장대비 되어 요란스럽게 쏟아진다

비가 내린다와 비가 쏟아진다는 것은
시각적 사물이 잔잔하게, 때론 세차게 젖어간다는 의미,
크레센도와 데크레센도의 의미
이 의미들을 가만히 들여다보면
수평적인 것이 아닌 수직적이고 둥근 물방울들의
조용하고 은밀한 결합
갇힌 것과 갇히지 못한 것들이 하나의 은유가 되어
평범한 일상 속으로 스며드는 것
형체가 사라진 먹구름이란 존재를 화두로 남겨두고

굳어진 촛농처럼 농축되어 가는
폐쇄적인 친밀감에서 벗어나고 싶어
비등점 낮은 문 밖으로 뛰쳐나가보지만
의문부호를 등에 업은 검은 일요일이 스멀거리고
젖은 창틀 위에서는 동기부여가 소멸된 나뭇잎 한 장이

온몸을 떨며 흐느끼고 있다

"니들이 젖어가고 있다"란 이인칭에서
"나는 젖어가고 있다"의 일인칭으로 시간을 되돌리며
비의 일요일이란 시적 의미를 되새겨본다

디귿 자형 마당

이른 저녁을 먹고 거실에 펼쳐놓은 앉은뱅이책상에
앉아
　내가 써야 할 시제의 의미를 곰곰이 곱씹어보고 있는데
　열린 현관문 사이로 한 뭉치의 어둠이 빼꼼히 고개를
내밀었다
　어둠의 틈 사이로 침입한 모기 한 마리가 머리 위를
날아다니며 앵앵거린다

　두 눈을 감고 디귿 자형 마당이 있는 집을 상상해 본다
　먼저 하얀 페인트를 바른 싸리 울타리를 세우고
　그 옆에 종달새 모양의 꼬마 우편함을 하나 달아야지
　보고 싶은 사람들이 보내온 편지를 받아볼 수 있게
　음, 앞마당 화단에는 프리지어, 마가릿, 삼색제비꽃을
심고
　누구나 맨발로 거닐 수 있게 예쁜 조약돌을 깔아야지
　화단 옆에는 둥그런 나무탁자와 작은 의자를 놓아두고
　동네 아줌마들이 커피를 마시며 재잘재잘 수다를
떨 수 있게 하고
　오른쪽 잔디밭을 지나면 뒷마당으로 가는 길을 다듬고
　그 뒷마당에는 내가 좋아하는 청포도 나무를 심어야지
　청포도가 익어가는 계절이 오면 청포도를 바라보거나

14

자신이 좋아하는 시를 읽으며 상상의 나래를 활짝
펼칠 수 있도록
그리고 하오의 시간이 내 눈을 확장시키면
달콤한 낮잠을 실컷 자야지

만약 내가 디귿 자형 마당이 있는 집으로 이사를
한다면
혹여라도 그리운 사람이 찾아와 깨워줄지도 모르니

흰 고무신

아이가 숨이 목울대까지 차오르게 뛰어서 온 곳은
예전에 누나랑 자주 뛰어놀았던 뒷산 언덕배기였다
그 아인 늘 세월에 긁힌 누나를 엄마처럼 따랐다
철이 들기 전부터 이미 엄마는 부재중이었다
아이 곁에는 어릴 때부터 자신을 살뜰히 보살피던
하얀 박꽃을 닮은 홑이불 같은 누나뿐이었다
그런 누나가 재 너머로 시집을 간다는 것이다
잠결에 들려왔던 어른들의 소곤거리는 말소리,
설마 누나가 나를 놔두고 떠날 리는 없을 거라 생각
하며
아이는 누이를 굳게 믿고 있었다
수업이 끝나 학교에서 집으로 돌아왔을 때였다
누나는 옆구리에 조그마한 보퉁이 하나를 끼고서
낯선 아주머니를 따라 사립문을 나서는 중이었다
낡은 까만 고무신 대신 흰 고무신을 신고,

누이가 흰 고무신을 신은 것을 태어나 처음 보았다
흰 고무신을 신은 누나는 박꽃처럼 희었다
누나는 아이를 보고 잠깐 미소를 지었다
그리고 고개를 돌리고 아무 말 없이 떠났다
마당 한편에선 철 지난 박꽃이 지고 있었다

아이는 오늘도 언덕배기에 홀로 앉아
푸른 하늘을 바라보며 누나 이름을 불러보았다
그러자 누나의 따뜻한 목소리가 들리는 것 같았다
구름도 누나의 모습으로 웃고 있었다

작은 새의 심장이 퍼덕거린다

예전에 살던 집 옥상에는 예쁜 화단이 있었다

그 화단 양 끝에는 석류나무와 대추나무가 서 있고
화단 담벼락을 타고 넝쿨장미가 흐드러지게 피었었다
장미 옆에는 향기가 짙은 하얀 치자꽃나무가 있고
그 앞에는 노란 수선화가 무리를 지어 피었었다
아침마다 이름 모를 새들의 지저귀는 소리가 들려왔고
꿀벌들이 여기저기서 떼로 몰려와 윙윙대며
부추꽃이나 갓꽃 위에 앉아서 봄을 만끽했다
추석 무렵 느닷없이 찾아온 태풍 때문에
대추 열매가 채 익기도 전에 모두 떨어져 버렸고
떨어진 대추 무더기 옆에 작은 새 한 마리가
쓰러져 있었다
어디를 다쳤는지 날지를 못하고 날개를 파닥거렸다
손바닥 위에 올려놓고 몸 곳곳을 자세히 살펴보니
가슴 근처가 찢겨서 피가 흐르고 있었다
가끔씩 초점 잃은 눈만 떴다 감았다 하고 있었다
새의 가슴에 손가락 한 개를 조심히 대어보니
아직은, 심장이 멎지 않았는지 가늘게 뛰고 있었다
그리곤, 젓가락 같이 가는 두 다리를 바르르 떨었다
그러다 모든 것을 놓아버리고 축 늘어진다

내 손바닥 위엔 작은 죽음이 찾아왔고
내 심장 뛰는 소리는 적막한 날 문밖까지 달려 나갔다

성자

여름 장마가 끝난 오후,
옥상에 자리한 조그마한 장독대 뒤에서
적갈색 고무줄처럼 축 늘어진
지렁이의 선홍빛 사체를 뚫어져라 바라본다

제 꽃잎을 어디서 잃어버렸을까
뜨거운 숨결마저 멎어버린
반토막난 지렁이 성자

흙범벅이 가 된 몸으로
좌로 우로 갈지자로 안간힘을 쏟으며
옥상 바닥을 기었던 흔적 가득하다

입은 있으되
말을 할 수 없는
침묵의 저 계율

극락정토를 향하여
벗겨진 살갗으로
염천의 고행길을 걷고 있다

낡은 창가

낡은 창가에 털 뽑힌 새 한 마리
날개가 꺾인 채 웅크리고 있다
죽음의 시선이 다가선 것일까
아무런 움직임이 없다, 미동이다

오늘도 똑같이 근심스러운 시간, 같은 눈빛이다
오롯이 주름이 가득한 건너편 아파트에 사시는 할머니,
매일 오전 열한 시만 되면 공허한 눈빛으로
창 아래를 내려다보는 것이 그녀의 유일한 일과다
하루 종일 아무것도 하지 않은 채 타인의 시선으로,
메마른 눈빛으로 창 아래만 내려다보고 있다
무엇을 잃어버린 걸까, 소실점이 사라졌다

퀭한 하루가 낙엽처럼 수북이 쌓이던 그날 오후,
잿빛 하늘을 날던 새 한 마리의 하루에 금이 갔다
시든 할미꽃 한 송이 피어있는 화단 아래로
굳은 표정을 지으며 떨어져 버린다
날개가 꺾인 채 온몸을 바들바들 떨고 있다

놓쳐버린 시간이라도 되찾으려는 것일까
초점이 사라진 눈동자로 불 꺼진 창가를 잠시 바라보다

입가에 옅은 미소를 짓고는 고개조차 옆으로 떨군다

잃어버린 것은 무엇을 가르치는 것일까
그 창가는 할머니에게 어떤 의미였을까

낡은 창가에서 웅크리고 있던 새 한 마리
어디로 날아갔을까, '사라졌다'라는 시어가 졸고 있다

텅 빈 낡은 창가에 어둠이 엎드려 있다

담벼락

날마다 우두커니 서 있는 담벼락이
사용하지 않던 낱말처럼
침묵으로 다가왔어

담벼락에 빈 공간이 실금처럼 존재해도
빚쟁이처럼 타고 올라가 악착같이 붙어살던
생명력 강한 넝쿨의 혈관들을 하나씩 떼어낸다
한쪽 모서리가 무너진 벽 너머를 기웃거려 본다
마당 귀퉁이에 노루 꽁지만 한 붉은 햇살이
봄의 흉터처럼 몽글거리고 있다

순간, 어깨 위에 오랫동안 웅크리고 있던
작은 물고기들이 어깨를 사정없이 물어뜯는다
자잘한 통증이 빛의 갈래처럼 프리즘으로 다가오고
그가 뱉어낸 몇 토막의 말들이 쓰디쓴 물과 함께
이빨 사이로 쏟아져 나온다

"어떤 몸짓이든, 어떤 언어이든지 간에
아픔을 표현할 수 있는 도구는 아니라고"

무너져 내린 한 곳을 감싸듯 두 팔로 껴안는다

'바보 똥개'라고 누군가 써놓은 낙서와 함께
담벼락의 표면이 어둠에 서서히 저물어간다

담벼락 앞, 이른 자목련이 통증처럼 부푼다

푸른 복도

문 닫힌 기다란 복도를 걷다가 무심히 뒤를 돌아봤어
초여름 햇살에 어린 풋감들이 동종처럼 흔들리고
있는 거야
녹슨 과거가 흑백영화의 한 장면처럼 뇌리를 스치고
초록빛 중학교 1학년 검은 교복을 입은 여자아이가
서 있었던 거지

연초록 아인, 목구멍을 타고 오르는 신 김치 냄새가
역겨워
엄마가 건네주던 도시락을 마루 귀퉁이에 놔둔 채
대문을 나섰다지
도시락을 들고 학교로 가라던 엄마의 목소리가
엷어지자
도시락에서 풍기던 김치 신냄새가 가난의 냄새 같아서
머리끝까지 화가 치밀었다지
그래서 도망치듯 그대로 골목 끝을 향해 달렸던 거야

끊어질 듯, 끊어지지 않는 꿈꿈한 가난한 애벌레가
온몸을 기어 다니는 것 같아 수업시간 내내 기분이
우울했다지
점심시간이 되어서야 점심을 먹으려는 아이들을

헤치고
　복도 밖으로 나가려는데 물주전자를 들고 들어오던
주번이
　나에게 아버지가 찾아왔다고 말을 전하는 거야

　얼굴을 찡그린 채 밖으로 나가보니 허름한 옷차림의
아버지가
　집에 놔두고 왔던 도시락을 들고 애들이 우글거리는
　복도 끝에 서 있었던 거야
　얼굴을 붉히며 얼떨결에 도시락을 낚아채듯 받아 들고
　교실로 들어와 쿵쾅거리는 가슴으로 도시락 뚜껑을
열었다지

　사각진 노란 철제 도시락 속엔 신 배추김치 대신
　기름진 계란프라이 두 개가 배시시 웃고 있는 거야
　너무나 미안한 마음에 눈물이 핑잉 돌았나 봐
　그래서 복도로 나가 보았다지

　어깨를 축 늘어뜨린 채 교문을 나서시는 아버지의
　뒷모습이
　열무 줄기처럼 시든 모습이었다지

집으로 돌아가시던, 터벅대던 빈 발걸음이 몹시도
서글퍼 보였다지
우묵한 시간의 골만큼 미움이 깊게 파인 긴 복도를
뿌연 눈빛으로 하루 내내 내려다보았다지
긴 복도엔 아버지가 떨구고 간 한숨의 발자국이
가난의 화인처럼 찍혀 있었나 봐

장례식장을 나서는 운구차가 화장터 푸른 복도를
지나고 있었다지
마지막이라는 말들이 불을 밝혀 들고 세상을 등진 채
낡은 지난 기억들을 지우고 있었던 거야
어깨를 들썩이며 창밖을 내다보니,
풋감들이 어깨에 그리움을 달고 저릿저릿
흔들리고 있었던 거야

입관

싱크대 위에 며칠째 놓여있던 석류 한 알
무더운 날씨 때문인지 껍질이 점점 짓물러지더니
조금씩 멀건 물을 토해내기 시작했다
평온한 시골집 햇살 아래에서
붉은 보석처럼 빛이 났을 석류,
스러진 주황빛 꽃송이 따라
소신공양을 하는지 붉게 죽음을 맞이하고 있다

요양병원에서 지내셨던 아버지도 우리 곁을 그렇게
떠나셨지
석류껍질처럼 짓무른 기억들, 베갯잇에 슬어놓고

과도로 썩은 부분을 도려내자
혀가 잘린 붉은 알갱이들이 걸어 나오고
제 몸에서 꺼낸 흙막처럼 흐물거렸지
검붉게 피멍이 든 씨를 발라내고
안개처럼 불투명한 막과 막 사이를 헤치고

하얀 시트에 덮여 감정이 절제된 철제 침대에
말없이 누워 계시던 아버지
여성장례지도사의 부드러운 손길 아래

온몸에 화려한 꽃을 달고, 남은 가족들의 울음소리를
마지막 인사말처럼 경청하고 있었다

이승의 문 닫히는 소리와
슬픔 배인 침묵이 공중에서 부딪힌다
생의 끝자락, 벌어진 틈을 메우듯
깨끗한 병 속에 석류 알갱이를 쟁이고
그 위에 슬슬 흰 설탕을 뿌린다
마지막으로 병 입구에 비닐을 씌우고
세상의 빛과 소리를 차단했다
육신의 색이 엷어질 때까지

어둠이 내린다

봉숭아 꽃물처럼 번져 있는 노을을 수혈하면
　당신의 혈관 속에도 노을 같은 붉은 피가 순환되는
것일까
　돌연, 미련 한 조각 입에 물고 있던 수국꽃 씨앗 하나가
흙바람 냄새 피어오르는 화분 위로 떨어진다

환영 같은 어둠이 깔린 침대 위로
주름투성이인 당신이 애벌레처럼 몸을 둥글게 만 채
연신 과거와 현재를 오므렸다 펴가며 횡으로 누워있다
굽은 등 뒤로 수의 같은 환자복에 박힌 푸른 로고가
지난날의 회한처럼 꿈틀거린다
눈물이 쏟아질 것만 같아
빛과 어둠이 뒤섞인 창가에 기대어 두 눈을 감는다

밤이면 구들장을 짊어진 엄마의 한숨 속에서
그늘진 이끼의 실을 끌어당겨
누에고치처럼 온몸을 칭칭 감아대던 당신,
살아가는 동안 단 한 번의 날갯짓도 못하고
날마다 동굴 속 같은 집안 곳곳에 기생하는
목마른 침묵만 끌어당겼다

이지러진 달빛이 커튼처럼 내려오는 병실 안,
가느다란 숨소리에 물든 수액이 눈물방울처럼 뚝뚝
떨어진다
아버지의 앙상한 손등 위로 숨겨두었던 말들이
밤의 수면처럼 출렁인다

커~억 컥, 생의 무게에 짓눌렸던 기침소리가
잇몸 사이를 빠져나와 구멍 난 심장 위를 구른다
시지프스의 바윗돌처럼

2부

사랑이란 별로 뜨는 저녁

사랑

사랑이란 타인의 흔적으로 별로 뜨는 저녁입니다
그렇듯 보고 싶은 당신이 저에게 외로운 모습으로
왔습니다
손수 키운 시금치를 한 아름 보듬어 앉고
주인 없는 갈색 벤치에 앉아 마주 보던 당신과 나,
우리들의 저녁은 그렇게 넉넉하게 시작하였습니다
간간이 이야기를 꿈으로 해석하며 연신 하품을
토해내던 당신
그런 당신을 바라보던 제 마음은 무척이나
안타까웠습니다
복잡하게 얽혀 풀기 어려운 말들이 십여 분간 이어지고,
차 트렁크에서 무거운 보따리 하나 내게 안겨준 채,
커다란 아쉬움 하나 차 뒤꽁무니에 매달고
떠나가는 당신의 뒷모습은 차가운 얼음꽃이었습니다
안타까움과 미안함으로 먹먹해진 마음을 보듬고
집으로 돌아와 노숙 아닌 노숙을 시작했었지요
초록빛 그리움에 물든 손으로 보따리를 풀어보니
그 속에는 당신이라는 책이 한가득 들어있었습니다
맨 위에 놓여있던 책 두 권이 둥그렇게 웅크리며
호기심 어린 눈으로 저를 연신 올려다봅니다
그중에 한 권을 집어 들고 읽어 나가기 시작했습니다

집어등 같은 환한 당신의 마음이 사랑이란 글자가 되어
제 마음속에 깊숙이 차곡차곡 쟁여지기 시작했습니다
시간이 흘러 먼 훗날의 오늘이 기필코 다가오면,
그리운 당신에게 나라는 한 권의 투명한 책을
선물할까 합니다
부피를 키운 작은 별 하나가 방긋 미소를 지으며
나는 불빛 따뜻한 잠 속으로 동면에 접어듭니다

고해

처음부터 내 것이 아니었기에
완전한 내 것이 될 수 없었기에
주홍빛으로 남아있어야만 했던 그 사람
툭, 하고 벌어진 가지런한 입술 사이로
헤픈 웃음을 끌고 붉은 이를 드러낸다

붉은 꽃잎마다 눈시울 촉촉한
석류꽃, 꽃이면서 분분한 꽃잎이면서
더욱 붉어질 꽃이면서
너무도 빨간데,
지난여름 돋아난 기억 때문에
더럭 겁이 나서 다시 입을 다문다
뜨거운 햇살 끝에 문드러져 간다

금 나간 장독대 위에 앉아있던
고추잠자리 한 마리
혼자서 햇살을 씹는다
얇은 날개 끝을 연신 움직거리다
수억만 개의 눈동자로 나를 응시한다

도무지 끊길 것 같지 않던 개미 떼들이

욱신거리는 어깨 위를 밟고 지나간다
하루 종일 그들의 순례 행렬에 눈길만 주어도
하루치 종점이 멈춰버릴 것 같다

여름이 벗어놓은 허물 앞에 멈춰 서서
탐욕이란 메마른 고해를 토해낸다

둥지를 떠난 사람

자신이 살던 둥지를 한번 떠난 새들은
다시는 그 둥지로 돌아오지 않는다지

새로운 둥지를 찾아 내 곁을 떠났다 그가,
가냘픈 희망의 씨앗 하나 손에 움켜쥐고
그를 태운 기차가
느린 화면처럼 선로 위에서 미끄러져 간다

쟁여온 울음이 봇물처럼 터지던
그 모습을 떠올려본다
봄 햇살에 묶인 아지랑이처럼
오래도록 앉았다 일어섰다를 반복한다

옥정역 역사 앞 한 그루 나무 위에는
날이 저물도록 종일 새 한 마리
찾아들지 않는 둥지가 여럿 매달려 있다
어쩌면 처음부터 아무도 살지 않는
빈 둥지였는지도 모른다는 생각이 지배적이다

그가 버리고 간 나라는 빈 둥지가
길바닥에 덩그러니 나동그라진다

무표정한 사람들이 회색 유령처럼
주위에 몰려든다 눈동자들이 쌓인다

긴 고독이 침묵의 시위를 당긴다

바람의 방향

그리움은 제 몸을 헐어 출렁이다 사라지고
기다림은 눈물 속에서 젖어간다 했던가

아물지 못한 상처의 흔적처럼
하루해가 감겨드는 붉은 해안가를 서성일 때,
초로의 남자, 아슴한 시선으로
흔들바람이 쌓인 언덕 위에 서서
멈추어버린 시간
아스라한 기억 너머를
하염없이 바라본다

바람에 흔들리지 않는 아픔이
어디 있으랴

지는 햇살 손에 말아 쥐고
모래 속에 젖어 있던
살빛 조가비 하나 주워든다

오늘도 은은한 그 시간
노을빛 기억 하나
여린 속삭임처럼 귓가를 스치고

미처 뿌리내리지 못한
물빛 시어들 슬멋슬멋 감기고 있다
바람의 방향 따라
이리저리 흔들리는 나

바람

깊어지는 밤의 사유를 껴안고 그가 떠났다
텅 빈 방 안에 앉아 얼음처럼 딱딱하게
굳어가던 그의 얼굴을 떠올린다
유일하게 남아있던 단 하나의 흔적
어린아이처럼 발을 동동 구르며 울고 싶었다
큰 소리로 오열을 하고 싶었지만
생각과는 달리 허허롭게 헛웃음만 기어 나왔다
미친 여자처럼, 하루를 앓은 여자처럼,
서로가 서로에게 내뱉었던 상처 입힌 말들이
일그러진 마음의 모퉁이를 돌아 투명인간처럼
사라져 갔다
손에 잡힌 모든 것들을 던져버리거나
흐트러트리고 싶었다
세탁 바구니 안에 쌓여있던 빨래 더미를
내팽개치듯 세탁기 속으로 마구 집어던졌다
삼 년 전, 후미진 바닷가에서 보았던
견고한 모래성이 생각났다
꼬리에 비상등을 켠 비행기가 밤하늘을 가로지르며
서쪽으로 날아갔다
무작정 어딘가로 떠나고 싶어진다
아무도 모르게 바람처럼
사라지는 것이 운명은 아니지만,

파도 소리

바닷바람을 가슴에 안은 첫날을, 기억처럼
조금씩 음미하려 했던 파도가 태산처럼 밀려왔다
알 수 없는 공포는 미처 다다르지 않았는데,
앞서 달리다 넘어진 아이처럼
커다란 울음소리를 내며

그런 파도를 바라보던 첫날은
파도를 바라보는 눈이 떠지질 않았어
내가 파도에게 무슨 잘못을 했기에 도대체,
나는 고개를 갸웃거리며 생각에 잠겼다

지난여름 그의 영역인 모래밭을 허락도 없이 걸었던 일,
파도의 꼼수에 걸려 세상 밖으로 나온 조가비를
말없이 주워 욱여넣던 일, 그 모퉁이에 서서
그의 꿈이 서린 밤하늘의 별들을 몰래 훔쳐보았지
살다가 살다가 먹먹하게 가슴 시리던 날
그의 울음소리에 내 울음소리를 보탰던 그날,
추위 때문에 시퍼렇게 날이 선 바람에게
그의 안부를 포개 놓았던 일,
눈물이 뼛속까지 차오르던 날
익숙한 슬픔 하나 그에게 무작정 던져주고 잽싸게

도망쳤던 일

　·

　·

　·

가만히 묵은 기억을 소환해 보니 생각보다 많았다

　·

　·

　·

숨죽인 발자국 소리에 뒤를 돌아보니
푸른 옷을 입은 비애가 침묵처럼 서 있었다

낡은 이별

지루한 오후가 끝나가고 혼자만의 저녁이 되자
나는 마분지처럼 얇아진 너와의 추억을 읽어가기
시작했어
이렇게 너의 존재를 다시 생각한다는 것, 무슨
의미이며, 얼마 만인 걸까
가끔은, 아주 가끔은
파도처럼 출렁대는 생생한 너의 몸짓이 그리웠어
그거 알아?
예전에 내가 웃으면 넌 미친 듯이 울고
내가 달리면 넌 느긋하게 걸었지
또, 내가 예정된 이별을 고하면
넌 작은 새가 노래하듯 동화 속 만남을 노래하고…

있지, 오늘은 일 센티미터 떨어진 곳에서
활짝 웃고 있는 네 얼굴을 몰래 훔쳐보았어
투명한 햇빛 속을 유영하고 있던 너를
바라보던 졸음이 뒹구는 골목 언저리엔
배롱나무 꽃들이 슬픔처럼 겹겹이 피어있었지
난 너와의 간격에 쉼표조차 찍을 수 없었는데…

회색의 밤이 나팔꽃 줄기처럼 내 몸을 감고 오를 때

백 개의 도형이 기하학적으로 그려진
화장실 세면대에 물을 밤새 틀어놓고
난, TV 드라마 같은 통속적인 이별을 했어
원고지 칸마다 **빽빽**하게 찍어놓은 마침표를
하나씩 하나씩 지우면서… 그러자 종잡을 수가 없었어

어떡하지, 땡볕이 내리쬐는 초록이란 여름이 찾아오면
땀방울 송골송골 솟구치는 너의 콧잔등이
그리워질 것 같아

재회

테이블 위에 커피 잔 두 개가 서로 마주 보고 놓여 있다
색 바랜 시간이란 옷을 껴입은 채

난 캐러멜 마키아토
넌 아이스 아메리카노

허공을 향해 목을 길게 늘이고 있던 빨대 속으로
갈색의 어색함이 빨려 들어간다

"달콤해? 아니"
"그럼? 쓰디써?"
상투적인 질문이 스며들고 있던 커피잔에
당신의 애장품인 지포라이터를 갖다 댄다

풋, 뜨겁고 강렬한 불길은 여전하네

십여 분의 시간이 흐르고 사각의 얼음이 녹아들기
시작한다

고소한 군고구마의 냄새라도 맡은 듯
창밖을 지나가던 강아지 한 마리가

화단의 흙을 파헤치며 헛바닥을 대고 씰룩거린다
"쓰다"라는 말의 의미를 잃어버린 사람들이 코를
킁킁댄다
마음 밖 울타리를 맴도는 저 개처럼

카페 앞, 횡단보도 위에 죽어있는 참새를 묻어주고
낡은 시집 같은 집으로 돌아와
싱크대 위에 놓여있는 양파껍질을 벗긴다
펑펑 울고 싶은 당연한 이유라도 찾는 듯
멈춰있던 과거의 기억들이 서서히 흩어지며
흐릿한 창문을 타고 아래로 흘러내린다

사랑한다는 것은
— 꽃무릇을 보고

손에 쥔 한 줌의 흙과 흘리다 만 눈물 한 방울

안개처럼 부연 흙바람 속에서 가슴을 쓸어내리며
갈 곳을 잃어버린 나, 그냥 우두커니 서 있다
붉게 피어있던 꽃무릇이 무더기로 진다 한들
그 이별의 무게를 마음의 저울로 잴 수 있겠나

소설 속, 연인들의 사랑이 충만하다 해도
밤하늘에 떠 있는 별들을 다 품을 수는 없겠지

그대가 온전히 나만을 사랑한다 해도,
오늘 밤, 한 개의 우산 속 우리들이 따뜻해진다 해도,
나는 읽다 만 시집을 읽어야 하고, 베껴 써야 하고,
내면의 푸른 멍처럼 웅크리고 있던 고통의 시간을
삭혀내야 하지

그러니까 우리, 이별을 이야기할 시간에
유리창에 새겨진 빗방울의 개수를 세어보자
수많은 빗방울이 한 방울의 눈물로 변하기 전에

내 옆에 앉아있던 사람이 흙사람으로 변해간다

발가락, 발등, 무릎, 엉덩이를 지나
깊고 깊은, 때론 엷은 감정이 숨어있는 마음속까지

사랑한다는 것은
정말 그 사람을 사랑한다는 것은
그 사람에게 온 힘을 다해 달려간다는 것이다
최선을 다하여 그냥 살아내는 것이다
또 하나의 울컥거린 기다림을 위하여
언젠가는 한 줌의 흙으로 돌아가기 위하여

그러니까, 사랑이여
그
리
고
또 하나의 사랑, 이별이여
꽃과 잎이 모두 흩어지는 날
내가, 너에게 머무는 별빛 서린 그 창가에
흔들리는 작은 사랑초 하나 놓아다오
오직, 밤늦도록 그 한 밤을 위하여

그 비는 그렇게 내렸지

나는 날마다 등 뒤에서 젖어가는 것들을 그리워한다

부슬부슬
주룩주룩 주르륵
그날, 그날은 유난히 요란하게 비가 내렸지
가로등 불빛 희미한 전등불의 모퉁이를 돌아
우중충한 기억 속의 닿지 않은 곳까지 적시고
싶어서였지

닫힌 마음을 내어준다는 것,
그것은 기다림이 삭제된, 바짝 마른 슬픔을 향해
달려 나가는 것
낡은 일기장 속의 꽃잎처럼 색 바랜 추억을 꺼내보는 것
그, 날, 밤, 엔
너와 나의 벌어진 거리만큼 비가 쏟아져 내렸지
우산의 꼭짓점에서 가느다란 살대를 지나 손잡이까지

지치고 힘든 밤이 토해낸, 췌장처럼 늘어진 도로 위를
양손을 좌우로 흔들며 달려가는 자동차의 와이퍼처럼,
두 눈동자 속에서 마지막 소실점으로 사라져 가고
장대비와 장대비의 간극을 재던 너의 발걸음

빗소리에 묻혀 서서히 지워져 갔지

그날 이유 없이 내리던 회색빛 빗줄기는
멍든 우리들을 슬프게 적셔가고 있었지
삼류작가의 사랑의 체험 수기처럼

그날처럼 신열에 들뜬 비가 내릴 때면
등 뒤에서 젖어가는 것들의 내장이 꿈틀거리지

3부

수국꽃은 풍경소리에 실려 돌계단을 내려갔다

수국꽃 설화

그녀가 휘청이며 돌계단을 내려갔습니다

합장을 마친 스님은
부슬부슬 내리는 가랑비에 잿빛 장삼이 젖는 줄도
모르고
대웅전 옆, 수국꽃을 한참 동안이나 바라보고 있었습
니다
어제까지 수유하던 여자처럼 벙글던 수국꽃은
창백한 얼굴로 꽃잎을 한 장 한 장 떨구며
비를 맞고 있었습니다

"한 번쯤은 뒤돌아볼 만도 한데…"
스님 옆에 서 있던 내가 오히려 안절부절못했습니다
아침 예불 시간에도,
점심 공양을 마치고 모두 함께 차를 마실 때에도,
마치 스님의 그림자 인양
주지 스님의 주위를 배회하던 그녀였습니다

오늘따라 낮은음으로 들려오던 빗소리가
그 두 사람의 울음소리 같았습니다

그날 밤, 법당 안에서는
밤새 기도를 하는 스님의 젖은 목소리가
목탁 소리처럼 쌓이고 또 쌓였습니다

비 그친 법당 밖에는
기도하는 수국꽃의 모습이 풍경소리에 실려
백팔 개의 돌계단을 내려가고 있었습니다
젖은 미소 같은 꽃잎을 한 장 한 장 떨구며

잎의 사원

신작로 가로수 밑에 사바의 중생처럼
버려져 있는 낮달맞이꽃 한 송이를 발견했다
배추 시래기처럼 시들어 있는 것이 너무 안타까워
집으로 가져와 화분에 심었더니
고마움의 표시인 양,
생기를 머금고 잎사귀가 되살아났다
아침, 저녁으로 들여다보니
색色의 향긋한 향기가 콧속으로 들어왔다
부처님께서 펼치시는 향기로운 화엄의 세계
하늘을 향해 고개를 쳐드는 꽃잎 따라
깨어난 듯 만개한 잎, 잎들,
서로 합장을 하는 모습으로

점, 점, 점 번지는 푸른 눈망울 사이로
은은하게 퍼져나가는 꽃의 향기
몸속에 암세포처럼 박혀있는 사리를 주워 들며
대자대비한 미소를 지어본다

매일 합장해서 드릴 공양이 생겼다

백일홍 꽃잎

백일홍 꽃이 질 무렵이면 백일기도를 하는 언니
수심이 가득한 얼굴로 대웅전을 나선다

남편과 사별하고 처녀 적부터 드나들던 절에
큰 바람을 지닌 몸을 의탁하기 시작하였다고 한다
그런 세월이 무심히 30여 년이 흘렀다고
절 뒷마당 텃밭에서 뜯어온 열무를 다듬으며
은빛 행성 같은 자신의 내력을 털어놓았다

바람이 부는지 공양간 나무문이 삐거덕거리고
젊은 스님 한 분이 공손히 합장을 하며 지나간다

못 보던 얼굴이어서 누구시냐고 물었더니
서울에 있는 어느 절에서 잠시 쉬러 오신 분이라고
말했다
백일홍 나무 밑을 지나가는 스님의 발걸음 따라
꽃잎 한 장이 나비처럼 나풀거리며 떨어진다
그 꽃잎을 주워 든 언니가 눈시울을 붉히며 바라본다
저만치 걸어가던 스님이 잠시 걸음을 멈추고
뒤돌아서서 그 모습을 지그시 바라보고……

한참을 그렇게 서있던 언니가 마음을 띄우듯
물바가지 위에 꽃잎을 띄우면서 혼잣말처럼
중얼거린다
"저 스님은 열무김치를 제일 좋아하시고
물 위에 꽃잎을 띄어놓는 것도 좋아하시지……
어린 내 아들도 그랬지만……"

남편이 죽은 후, 시댁에서 아들을 빼앗다시피 해
데려갔고
그 후로는 한 번도 얼굴을 보지 못했다 한다

마음자리가 공양이라고
천년 세월 절 마당 한 편에 걸터앉은 목백일홍 나무,
가슴에 서글픈 내력이 차곡차곡 쌓이는지
목울대 붉어진 꽃잎만 떨구고 있다
묵언은 계율이다

날개 달린 풍장

바람이 그의 곁을 의문부호처럼 지나갔다
화석처럼 굳어있던 공기의 흐름이 부풀려지면서
그의 머리카락과 옷자락을 흔들어보지만
그는 아무런 미동조차 하지 않았다

살아생전 세상을 너무나 뜨겁게만 살아왔기 때문인지
죽어서도 뜨거운 것이 싫다던 그가 조등을 켰다
죽음을 머리에 이고 이글거리는 직선의 햇볕 위에
누워 있다
꼿꼿하고 강력한 한낮의 햇빛이 그의 몸을 지날 때마다
얼룩진 요람기의 영역을 끈질기게 넘나들곤 했다
거친 들판을 뛰어다니던 구름이 그의 발치에
머무는 동안,
하늘 위에서는 대머리 독수리들이 그의 주위를
빙빙 돌면서
창백하고 너덜너덜해진 그의 안색을 살피며,
그를 찍어댈 기회를 호시탐탐 노리고 있었다
모든 것을 벗어버리기 전에는 결코 자연의 품으로
돌아갈 수 없다는
하늘과 땅의 울림소리가 이명처럼 귓속을 파고들었다
바람과 햇빛과 새들이 아귀처럼 달라붙어

그의 혼을 모두 흡입해 가는 동안,
육신의 부속물에 지나지 않았던 하찮은 것들이
생전에 쌓인 업을 떨쳐버리듯, 그의 몸뚱이에서
하나씩 떨어져 나가기 시작했다
생의 마지막 울음소리가 바람의 옆구리를 스쳐
지나간다
이승과 저승의 경계면에 서 있던 녹슨 햇빛이
눈시울을 붉히며 그의 발끝을 지나
그의 머리 쪽으로 미끄러지듯이 다가서고 있었다

아득하다

이제는
모든 걸 안고 가야 한다고
그저 말없이
꼭 안아주어야 한다고

상처란
원래 그런 것이라고
그리움이란
원래 그런 것이라고,
아니야,
그러니까, 아파 오는 것이라고
그러니까, 절절한 것이라고

오늘도 쉬지 않고 묵묵히
담벽의 끝을 향해 여린
넝쿨을 뻗어내는 담쟁이처럼

마음속 내밀하게 차오른
이 가녀린 울음을
내밀하게 뻗어내면서
그렁그렁한 막다른 눈빛으로

밤하늘에 별을 헤아려보는 거야

불투명한 현재의 삶처럼 끝이 보이지 않는다

아득하다, 저 달빛

마른 슬픔

하얀 무명으로 된 베로 덮인 아버지가
장례지도사의 근엄한 인상에 의해
기다란 민무늬 나무 관속으로 들어간다
한쪽 구석에서 훌쩍거리고 있던 그녀가 다가와
큰소리로 울음을 토해내며 관을 와락 껴안는다
꺼억, 꺼억, 얼마나 섧게 울던지…
마지막 마무리를 하고 있던 장례지도사가 더
눈시울을 붉힌다
옆에 서있던 그녀의 어머니가 그녀의 손을 붙잡으며
그녀와 함께 차가운 바닥으로 주저앉는다
생전의 아버지에 대한 추억이 그녀의 슬픔을
이끌었던 걸까
그녀가 꽃송이를 아우르며 마지막 인사를 긴네자
나무관을 장식하고 있던 꽃송이가
아버지처럼 화사하게 웃었다

그녀의 울음소리에
하얀 꽃송이가 살아있는 듯 미세하게 움직이고 있다
나는 이것을 마른 슬픔이라 명명하고 싶어졌다
생의 습기가 다 빠져나간 아버지의 얼굴처럼
푸석거리던 이 마른 슬픔

마음의 조율

버거웠던 어제를 버리지 못하고 해 질 녘, 강가를
서성인다
내 눈동자처럼 붉어진 강물 위를 바라보며
은유의 물 주름이 가득한 강물 위로
문장화되지 못한 시어들을 띄어 보낸다
겨울을 채 떨쳐내지 못한 어린 싹들이 움쑥움쑥 올라온
강둑 위에서 귀에 익은 멜로디가 은은하게 들려오자
고개를 돌려 왼쪽으로 시야를 고정시키고 있다
두꺼운 후드티를 입은 중년의 남자 하나가
저녁노을을 머리에 이고 색소폰을 불어대고 있다
기나긴 하루의 끝을 토해내고 싶은 듯, 상체를
좌우로 흔들자
삼십여 분의 시간이 흐르고,
아메리카노 커피처럼 쓸쓸한 B단조의 선율이
내 마음을 지나 강물 속으로 스며들었다
캔버스 위의 물감처럼 여여하던 강물이
바람 앞의 촛불처럼 흔들린다
팽창하며 부풀어 오른 남자의 얼굴이
슬픔의 머리띠를 두른 칸나처럼 붉게 물들어가고,
  남자의 몸짓과 아다지오 선율이 미세한 흐느낌으로
잦아들자

눈시울 붉어진 노을이 서쪽의 낮은 음역대로
제 모습을 감춘다
도, 레, 미, 파, 솔, 어디쯤일까
조율된 제 음을 찾지 못하고
서로 다른 음역대에서 방황하던 마음들이
도돌이표를 따라 처음의 자리 (D:C)로 되돌아간다

붉은 슬픔

활짝 벙글었던 채송화 꽃잎이 다시 입을 다물고
서쪽 하늘이 붉은빛으로 물들어 가고 있다
오늘따라 유난히 붉은 노을의 이마에
내 이마를 맞대고 스르르 눈을 감아본다
거리를 헤매듯 기억 속을 더듬어 본다
초등학교 1학년 때의 일이었던가
그날도 할머니는 평소처럼 마당의 흙먼지를 쓸고
계셨다
그때 대문이 열리고 중년의 담임선생님께서
들어오셨다
"실례합니다"
"누구시오"
할머니의 퉁명스러운 목소리에 당황하신 선생님께서는
가정방문을 왔다고 말씀하시면서 어머니를 찾으셨다
하지만 할머니는 못 들은 척하며 뚱한 표정으로
마당만 연거푸 쓸고 계셨다
한참 동안 나와 할머니를 번갈아 쳐다보시던
선생님께서는
말없이 내 머리를 쓰다듬어 주시고는 그냥 오던 길로
되돌아가셨다

나는 알 수 없는 부끄러움에 밖으로 뛰쳐나가
엄마가 오실 때까지 대문 앞에 쭈그려 앉아
막대기로 바닥만 연신 긁어대며 고개를 숙이고 있었다
눈물이 쏟아질 것만 같아 입술을 꽉 깨물었다
고개를 들어보니 담장 위에 걸려있던 노을이
붉게 붉게 나를 내려다보고 있었다

옆집 개 짖는 소리에 감았던 눈을 뜨고
방울토마토 위에 붉게 스며든 노을을 핥아보았다
어둠을 배경으로 우는 울음이 혀끝에 와닿는다

붉은 감정

떨어진 장미 꽃잎을 주워 들며
"안녕"하고 인사를 하는 건 비를 맞는 것만큼 쉬웠어
그 어휘를 쉬웠다에서 줍는다로 풀어냈지
붉음이란 표정을 읽어낼 수 있다면
오늘의 너를 오해할 일이 없어진다면
어제의 붉어짐과 오늘의 붉어짐의 충돌이
그만큼 줄어들었다는 뜻으로 해석이 되겠지
부피가 줄어든다는 것은 감정이 엷어진다는 것이므로

벗어나려고 몸부림치며
손가락 끝으로 노을을 문질러본다
물 흐르듯 번져나가는 감정의 그러데이션
연분홍에서 빨강으로, 빨강에서 검붉은 심장의 색으로

그대가 지워버린 시간의 기억이
농축된 슬픔으로 변하기 전에 닫아두었던
서쪽의 입구를 열어 놓아야 했어

무표정한 밤으로 가는 과정인 걸까
핏빛 감정들이 사과 중력으로 떨어진다
한 줌의 붉음 속에서 울고 있는 너를 보면,

바람의 이력

각질처럼 떨어져 간 계절이
삼 개월마다 얼굴을 바꿔가며
물컹한 표정을 지으며 바람으로 불어왔다
여기저기 떠돌며 방황을 하고 있는 모습
오늘은 어느 곳으로 가야 하나
이곳은 어떨까
저곳은 이미 알바 모집이 끝났구나
비정규직이라도 좋아
시급만 제대로 챙겨준다면
육 개월째 밀린 월세는 어떻게 내야 하나
내일 또다시 하늘 사다리 직장으로 출근을 해야 하나

아파트 담벽을 타고 올라가는
담쟁이의 가는 허리를 붙들고,
빛바랜 낙엽 이력서를 내밀며
학력, 경력은 보잘것없지만
일할 기회를 한 번만 달라고 연신 사정을 해대는 바람

겨울잠 자는 수풀 속에서
썩어가는 이력서들을 붙들고,
웅 웅 한숨 소리만 뱉어내며

냉기 서린 기침을 해대며 집 쪽 방향을 향하여
터덜터덜 무거운 발걸음을 옮긴다

4부

내게 주는 밤의 예찬까지

모래사막

새끼고양이가 별싸라기처럼 흩트려놓은 모래알을
밟는다
까끌까끌한 모래알이 발바닥에 밟히는 순간,
헛바닥이 타는 듯한 갈증 때문에 마른침을 꿀꺽 삼킨다
사각사각, 모래 밟히는 소리에 땀에 배인 허리를
굽히고
오래전에 사라진 낙타의 흔적을 찾아본다
그는 세차게 불어오는 모래폭풍 속에서 흔들리는
제 그림자를
또 하나의 분신이라 생각하며 뚜벅뚜벅 걸어갔을 테지
몸 안으로 감겨드는 제 안의 쓰라린 고통을
되새김질하며
방구들처럼 뜨겁게 달아오르는 사막을 횡단할 때마다
그는 비밀을 하나씩 곱씹어 보았을 것이다
가슴속에서 새어 나오는 소리 없는 울음은
내 것이 아닐 수도 있다는 걸

정답 없는 오답처럼 아무런 이유도 모른 채
날마다 걷고 또 걷는다는 것은,
자신에게 주어진 숙명 같은 또 하나의 길이라는 걸,
가도 가도 끝이 보이지 않는

불투명한 미래 같은 사막을 걷다 보면
언젠가는 내가 가고 있는 이 길의 출구가
보일 거라는 걸

뜨거운 모래바람이 코끝을 때리며 눈 속으로 파고든다
무의식적으로 긴 속눈썹을 깜박이며
까끌까끌한 아픔을 견뎌낸다

더위에 지쳐 아무것도 할 수 없는 초여름밤,
혜성의 꼬리처럼 길게 늘어진 사막의 달빛과
수풀 속에 숨어 찌 ~ 르 찌 ~ 르 찌르르 울어대는
풀벌레 사이에 누워, 눈앞에서 어른거리는
시나브로 잠의 입자를 질근질근 씹어본다

오아시스 같은 새벽을 기다리며

책장 위에 올려

"삶이 그대를 속일지라도
슬퍼하거나 노여워하지 말라"고
푸시킨이 말을 했다지요

밤의 향기
밤의 정취
밤의 사랑
상큼한 밤이 내게 주는 밤의 예찬까지

"시를 써야 되는데
시를 써야 하는데"하면서도
이렇게 말을 하는 나에게
시어 하나가 조용히 다가와 속삭인다
"입으로 말하지 말고
글로 표현해야 해"

밤이라는 책장 위에 올려둔
퇴색한 문장 한 줄이 쪼그리고 앉아 있다가
미완성중인 내 시 속으로 성큼성큼 걸어 들어온다
완벽한 밤의 시인이 되기 위한 포즈로

나는
삶이 나를 속일지라도,
푸시킨처럼 슬퍼하거나 노여워하지 않았다
그냥 슬며시 미소 지을 뿐이다

모서리

돋은볕 사이사이로 아기 손톱만 한
상춧잎들이 고개를 삐죽이 내밀며
옹기종기 모여 앉아 소근대고 있다

내 발길이 뿌리를 내리고 있나 보다

여린 잎들의 중심축이 흔들릴 때마다
좀 모자라게 살아온 나의 삶이
덩달아 흔들리는 것 같았다

봄소식 듣고파 허리를 굽히면
연둣빛 귀들이 하나같이 쫑긋거린다
그 모습이 너무 앙증맞아
한 사흘 봄빛에 쏘인 걸음을 내디디며
보드라운 잎들을 흔들어대고 있다

옥상 한끝에서 아무도 모르게 키운
상추 모종에게 물을 뿌린다
밭고랑에 쭈그리고 앉아
상추 포기를 솎아내고 있다는 당신

여린 잎에 매달린 그리움의 끝도 솎는 것일까

그의 모서리는 여전히 먼 곳에 존재하는 것일까

말랑말랑했다

기억은 기다리는 누군가를 위해 존재한다

똑똑똑 노크를 하고
병실 문을 열고 들어서자
겨울 삭정이처럼 바짝 마른 아버지가
퀭한 눈빛으로 그녀를 바라본다
누구세요, 초점을 잃은 상태다

묵은 울음을 보듬어 앉은 직선의 기억이
헝클어진 머릿속을 헤집으며 뇌 속을
시곗바늘처럼 째깍째깍 돌고 있다
젊은 시절의 아버지는
폭력을 일삼던 현실의 도피자였다

툭 터져버린 핏빛 석류처럼 붉었다

세월의 흐름 속에 각진 기억의 모서리가
말랑말랑해진 탓일까, 기억을 모두 닫아버렸다
정신이 헐렁해진 아버지는 기억의 도피자가 되었고
당신이 만든 곡선의 세계를 위태롭게 걷고 있다

바닥에 내려앉은 침묵이 제 무게를 견디지 못할 즈음
다시 아버지의 목소리가 들려온다
누. 구. 세. 요

병실엔 인어가 누워있다

두 시간 만에 수술실에서 병실로 돌아온 아이
죽을힘을 다해 뭍으로 올라온 인어처럼
축 늘어져 나를 바라다본다
휘노포스라도 다녀간 것처럼 훼절된 발걸음,
턱까지 모포를 끌어올리고 잠의 나락 속으로 빠져든다
어제를 건너온 시간마저 잠들어버린 병실
조금 전 아이가 품고 온 비릿한 내음만이
바닷속 미립자처럼 허공 속을 떠돌아다닌다
빛과 공기의 파장이 부딪힐 때마다 하얀 벽이
파도처럼 출렁이고 삶의 고통이 빛의 크기로 분산된다
빛의 움직임에 따라 하얀 포말은 한 점 물꽃이 되어
가느다란 관을 통해 딸아이의 몸속으로 들어간다
궁극의 원을 이루기 위한 무언의 직립보행 과정이
시작된 것이다
탁자 위의 핸드폰이 시간의 물꼬를 튼다
아이가 잠꼬대를 하듯 몸을 파닥거린다
살포시 푸른 모포를 들추어본다
처음부터 갈라져 있던 두 발이 꼬리 비늘처럼 껄끄럽다

밤

어둠은 넘을 수 없는 거대한 벽
좌절한 밤이 해일처럼 쳐들어 와 울고 있다
밤은 하염없이 어두워져만 가는 사색의 가슴을 접고
날마다 산더미 같은 눈물을 흘렸을 것이다

밤은 그냥 오는 게 아니라 화들짝 불에 덴 통증처럼
왔다
불면의 고통을 즐기기 위해 단단한 심장을 지닌 채
밤의 순례자들을 위해 소나기 내리는 방식으로
다가왔다

두려움에 적셔지기 시작하더니 저 혼자 깊어져서
술을 마시고 있다, 술은 술끼리 겹쳐져서
거리로 쓸쓸히 흘러들면서 두리번거린다
거리는 혼돈에 젖은 입술로 넘쳐날 것이다

아, 이 미친 고독을 얼마나 더 질겅거리며 씹어 삼켜야
혼돈의 도가니에서 분리된 나의 밤을 즐길 수가 있나

확 떨쳐내지 못한 잃어버린 밤의 영혼들이
차멀미처럼 어지럽게 나를 덮치고 있다

자정이 지나 밤과 새벽의 경계면에서 춤을 추고 있던
부서진 시간의 조각들이 꿈틀거린다
어둠에 반쯤 접혀버린
네 생각의 줄을 가만히 당겨본다

딸기를 말리다가

새콤달콤한 쭈그러짐을 읽는다
한여름의 열기가 가득 찬 오후를 거닐며
비닐하우스 표면에 압축된 한가함을 써 내려간다

슬프게도 장맛비로 모두가 사라져 버린 탓일까

검게 탄 얼굴에 흘러내린 구슬땀을 연신 닦아내며
반쯤 접힌 우산을 베란다 기둥에 기대 놓자
한 방울의 초점이 의족처럼 웅크린 채 바라본다

부기 빠진 발목이 의자 위에 꺾이고
뻣뻣한 예절을 끌고 긴장을 넘어온 고단함이
즐비할 때면 나를 옭아맸던 것들이
식탁 위에 놓인 채 스스로 이지러지고 있었다

흐트러진 마음의 가장자리가
겹으로 주름을 잡아가는 모습을
나는 오래된 쭈글거림의 실증이라 말했다

새콤함에 대한, 달콤함에 대한 체증이
이별을 기리기 위한 노래로 변할 때면

질근거린 식욕의 날개로 날아오른
오래된 기억들이 아마도 점층적으로 쌓일 거야

이러한 것들을 어디에서 끌고 돌아왔을까
이글거리는 태양의 붉은빛을 따라온 쭈글거림이
부엌 창문에 붙박이처럼 박혀있다. 노을을 바라보며
나를 응시하던 얼룩진 시선들이 순간 잠겨간다

어쩌다 마주했던 붉음과 분열, 초록빛 바람은
수런거림을 불태우기 위해 어떤 불줄기를 게워냈을까

한 움큼 과육을 잘라 접시의 움푹 파인 곳에
올려놓는다
양수처럼 진공 속에서 수시로 출렁이는 저녁
하염없이 쭈글거리는 아픈 사유를 말려 놓는다

메꽃 한 송이

내가 걷는 산책로 후미진 곳에서
녹슨 철망을 타고 기어오르고 있던
나팔 모양의 하루 같은 메꽃 한 송이

긴 귀를 쫑긋거리며 두리번두리번
바람에 밀려오는 대화의 귀퉁이를
한 끼의 식사처럼 흡입하고 있다
빈칸이 된 지난 추억을 회상하듯
마파람에 헤실거리는 시행의 뒤편에서
연분홍 입술 살짝 벌리고 서 있던 너

어린이 놀이터 후미진 모퉁이에서
우연히 마주친 눈발이 노을처럼 자취를 감추고
저무는 시간들은 서먹한 표정을 게워내며
뜨거웠던 하루를 뚜 뚜 뚜 불어대고 있었다

삶의 시작은 어디이고 끝은 어디까지 되는 걸까

하루의 비늘을 벗겨내는 메꽃처럼
제 그림자를 울컥거리며
한 생의 비밀 통로를 달콤하게

걸어 나오는 한 사람이 여기 있다

내 몸을 휘휘 감고 있는 고백이 뜨겁게 번져갈 때
아무런 말도 없이 레테 강을 건너가 버린 당신
커튼이 드리워진 마음처럼 어두워지고 있다

밤이슬이란 끈적끈적한 점액들이 타들어가고
말라가는 줄기 속에서 빨래집게처럼
앙다문 메꽃의 가슴이 하루를 덧대어 물고 있다

만약 파도가 바다에게 영혼이라 말한다면

날마다 제 고통을 묵묵하게 물들이고 있는
파도의 사전적 의미를 다시 꺼내 써야 할 것 같다
하늘이 뿌려놓은 밀물의 언저리를 휘어잡고
보랏빛 열매를 맺게 할 수 있다는 말을 뇌까리며
출렁거리는 바다 몸뚱이 근처를 서성이는
별 모양의 손도장을 파랗게 찍고 있는 거야
자그마한 몽돌 대신 모래사장 속에 숨어있는
회색빛 영혼이랑 밤새 모래성을 쌓으며
해무 속 가물거리는 술래잡기를 할지도 모를 일이지
혹시 푸른 살점을 뜯어먹고 있는 붉은 털게의 집게발에
진한 입맞춤을 하는 이유를 알고 있는지도 몰라
그건 아마도 달의 눈썹 위로 하얗게 부서지는
물고기가 눈썹 근처에서 마냥 수군대기 때문일 거야
또 있지 몇 해 전에 떠나보낸 영혼들이 탭댄스를 추는
하늘의 속성을 잘 알고 있다는 의미일지도 몰라
사랑이란 성근 이름하에 세상을 떠돌아다니는
물고기 모양을 닮은 깡통 기차를 바닷물 속에서
담그는 일이지
에게해의 깊고 푸른 심연 속에서 몽글거리며 자라고
있는
인어공주의 눈물방울로 이별의 구슬치기를 할 때면

바닷물 위에 파도가 슬어놓고 간 목덜미가
뒤틀릴지도 몰라

이젠 썰물의 쓰라린 살점을 하나둘씩 들춰보자
그러면 바닷물에 푹 절인 남은 생이 환호성을
지를지도 몰라
하얀 소금꽃이 만발해 가며 먹먹한 가슴을 툭툭
칠지도 모를 일이고,
엄지손이 잘린 네 개의 손가락으로 남은 한평생
내 흔적을 수세미로 빡빡 닦아내는 일에 몰두하게
될지도 몰라

립 서비스

한때는 나를 둘러싼 입이 스무 개는 넘었지
밤새 쟁반 위를 굴러다니던 빛난 구슬들이
보석함 속의 보석들처럼 가득 쌓여있었어

날카로운 말들이 이곳에 쌓이면 사탕 물이 입처럼
둥글어지고
입속으로 들어갈수록 점점 달콤해져서
골목의 아이들은 꿀꺽꿀꺽 냉수처럼 들이켜기도 했어

매번 화려한 꽃밭 속에서 꿀을 따서
집으로 돌아가는 꿀벌들
담쟁이넝쿨로 뒤덮인 담벼락을 타고 올라간 호박꽃이
활짝 웃음을 짓는 해거름까지 둘러앉아
잡다한 이야기로 몇 달 치 소소한 말을 이어 붙이던
달콤한 립서비스,
입으로 쓴 그 여자에 대한 칭찬은 시집 한 권
분량이었다
뒹구는 시간만큼 골목의 입들이 하나 둘 늘어갔고
담을 넘던 박장대소와 커다란 양푼에 버무려진
비빔밥에
얼음을 동동 띄운 냉커피가 달달한 믹스커피로

둔갑을 하기도 했다

가을비에 서서히 젖어가던 어둑어둑한 골목길 사이로
말의 무게를 등에 업은 침묵이 잠처럼 우묵해지고

핸드폰을 손에 들고 TV 앞에 앉아있던 어머니께서
무슨 일인지 입이 찢어지도록 웃고 계신다

달큼한 새벽공기가 안개처럼 골목을 에워싸고
깊은 잠에 빠져있던 건조된 사람들
부스스, 눈을 비비며 하나둘 깨어난다
어제를 벗어난 달콤한 아침이 밝아온다

5부

천년 세월 뭉툭해진 침묵

날 것의 얼굴

날 것의 얼굴에는 칼날이 있다
날 것의 얼굴에는 칼집이 없다

아침나절, 부산한 시간
흐르는 물에 상추를 깨끗이 씻어
작은 소쿠리에 차곡차곡 담는다
소쿠리에 가득 피어있는 푸른 상추꽃

작은 햇살들이 소나기처럼 후드득 지던 오후
상추꽃 몸뚱이에 생채기가 생겼다
수돗물에 몸을 베인 것이다
물방울들이 할퀴고 간 자리가 물러지고 있었다
푸성귀의 숨은 상처를 드러나게 한 물이라는 칼,
그 내면에 숨겨진 아픔을 알고는 있는 걸까

사람의 말에도 칼날이 숨어 있다
혓바닥 어딘가에 잠복해 있다가
말과 함께 순식간에 뛰쳐나온다

예쁘게 포장된 삶이 예기치 않게 사람들의 이면을
우리들에게 보여주듯이

푸성귀는 흐르는 물에 온몸을 베이고
사람은 말 한마디에 마음을 베인다

화장실 거울 앞에 서서 화장이란 가면을 지운다
상처받은 얼굴 하나가 나를 아프게 바라보고 있다

바위

밀물은,
단 하나의 썰물을 위해 생을 살아내고
바위는,
단 하나의 파도를 기다리며 생을 살아간다

바람이 허공에 무심이란 바람꽃을 피워낼 때
쉴 새 없이 부딪혀 오는 푸른 파도의 진실 같은
마음속 커다란 기쁨을 어쩌지 못해
스르르 눈을 감아가기 시작했다

따가운 햇살 아래 쪼그리고 앉아
미련을 버리지 못해 종일 아파해야만 했던
허상 같은 모든 것들을 지우던 날

제 한 몸 추스르지 못해
불편한 일상생활에 지쳐버렸다
공허한 울음소리만 질러대며
하늘을 나는 괭이갈매기를
괜스레 질투하기도 했었다

긴 시간,

나를 뚫어야만 했던 지독한 그리움이란 숙명,
벼랑 끝에 피어있던 해당화의 흔들림 소리에
천년 세월 뭉툭해진 침묵의 주름을 펴고 있었다

누군가의 간식
― 간식 같은 하루가 저물고 있다

누군가의 간식 같은 하루가 저물고 있다

누가 베어 먹었나, 무던히도 아름다워라
커다란 잇자국이 난 붉은 해가
땅바닥을 엉덩이로 질펀하게 짓뭉개고 있다

오후 네 시가 되자 튀김집 김 씨 아주머니
튀김 한 접시와 막걸리가 가득한 주전자를 들고
건너편 김치 아줌마한테 산그림자처럼 다가간다
플라스틱 밥그릇에 막걸리를 가득 채워놓고
상추를 팔고 있는 할머니를 연신 불러댄다
"엄니, 빨리 오시라니까요."
비닐봉지에 상추를 주워 담던 할머니의 손이 분주하다
점심은 드셨냐고 묻는 야채상 아저씨의 말에
이천 원어치 상추를 팔면서 무슨 점심이냐며
막걸리가 묻은 입술을 손등으로 쓰윽 훔친다
"다 먹고살자고 하는 일인디
점심까지 굶으시면 어쩐다요, 쯧쯧"

달혔던 야채의 푸른 상처가 붉게 물러진다

전대 속의 동전들처럼 부스럭거리던 하루
거나하게 붉어진 얼굴로 동료들을 바라본다
간식 같은 하루가 난전 바닥을 물들이며
아련히 저물어간다 간간히 후드득거린다

틀

사선으로 내리쏟아지는 자잘한 햇빛은
가늘고 구부러진 허름한 골목길 따라 놓여있고
앙상한 뼈대를 드러낸 나무로 만든 문틀은
시체처럼 줄지어 나이테의 약력을 드러낸다

각질이 풀잎처럼 돋아 있는 거친 손엔
검은 사포를 든 늘 그 수레 한 사내가
종일 벌겋게 달구어진 나무 문틀 앞으로
한쪽 발을 절뚝이며 다가가고 있었다

길고 짧은 수십 개의 나무 창살을 만들기 위해
며칠 밤을 꼬박 지새운 구겨진 사내
바짝 마른 문틀의 귀퉁이를 붙들고 있다
몸의 때를 벗겨내듯 손을 부산하게 움직이며
나무틀의 거친 표면을 연신 문지른다

기초의 틀을 잡는 마지막 수작업이랄까
사포가 나뭇결 따라 지나갈 때마다
거칠었던 틀의 표면이 여자의 허벅지 살처럼
매끄러워졌다 부드러움이 살아난 것이다

빈 구멍마다 나뭇살 뼈대를 하나씩 끼워 맞추던
힘겨웠던 어제와는 사뭇 다른 공정이 진행되었다

노을이 사내의 손길이 닿는 곳마다 가느다란 나뭇살에
붉은 꽃무늬를 아로새기고 있었던 것이다

찔레꽃

찔레꽃은 누이다

"독한 것
참말로 독한 것
아직 어린 제 새끼를 놔두고
어찌 그런 짓을 할 수 있단 말이냐,
아이고, 아이고 이 불쌍한 것아"

어머니가 까맣게 멍든 가슴을 툭툭 내리치며
큰소리로 오열하기 시작한다

아침햇살이 설움처럼 하얗게 부서지는 오월,
십수 년, 자리보전만 하시던 시어머니를 묻고
한동안 밖에 두문불출하더니
어느 날 갑자기
시어머니의 뒤를 따라나섰다고 한다

누가 돌보아주지 않아도
들판의 야생화처럼
이 땅 어디에서나 피고 지던
작고 여린 순백의 얼, 찔레꽃

사각의 검은 테두리 안에서 환하게 웃고 있다

누이 앞에 앉아 흐느껴 우는 조카의 얼굴이
수의의 윗도리처럼 하얗다

먹먹한 슬픔에 감싸인 사진 속 찔레꽃이
오늘따라 더욱 희게 흔들린다

일렁이는 국화 향기

십 년 동안 나를 증명하던 삶의 길이인 것처럼
행사장 안의 크고 작은 노란 국화 화분들이
아침 조회 시간의 아이들처럼 줄지어 서 있다
가을 국화 향기가 뇌리의 기억처럼 일렁인다
진한 향기가 내 몸속으로 미끄러지듯 흘러 들어와
미끄럼틀을 탄다
기억 속의 녹슨 향기들이 풍경처럼 솟아올라 하나둘
꽃숭어리를 만들어내고 있다
눈부시게 밀려오는 꽃향기가 버거워
자꾸 부피를 줄이려고 하면 만월처럼 부풀어 올라
서툰 아픔처럼 다가서던 노란 너희라는 얼굴들
국화 꽃송이에 기생하던 향기가 덜컥거리며
빠져나간다
희미하게 사라져 가는 아쉬움에 눈을 감고 코를
벌렁거린다
내 앞에서 나를 보고 웃는, 내 뒤에서 나를 비웃는
국화의 길을
감았던 눈을 뜨고 굳어진 발걸음을 길게 늘여
가시적인 마음의 거리를 걷고 있는 것이다
다가올 듯 멀어지고, 멀어질 듯 다가오는
밀고 당기던 너와의 나와의 간격

올 풀린 인연의 끈을 놓아야 할까
나는 봉긋한 슬픔의 결을 풀어내고 있는
너를 바라보기가 무척이나 힘들었다

밤의 바다

푸른빛이 출렁이던 깊은 네 안에
처음으로 나를 담그던 그림자가 뭉개진다
넌, 벌어진 네 상처를 오므리며 내게 말했지
당신의 상처가 너무 아파 꽃봉오리조차 맺지 못할 거
라고

혼돈의 시간이 먹먹하게 잠기던 저녁
밤하늘에서 내려앉은 별빛 백사장에서
당신은 차가운 손길로
부서지는 모래밭에 차곡차곡 쌓여있던
마른 울음 하나 집어 들어서
내 어깨에 말없이 올려주었지
그리고 누군가 그려놓은
불면의 발자국을 따라 걸으며
내 몸에 생각이란 언어를 새기기 시작했지

사랑이란 상처를 허락하는 것 그래서,
내게 사랑은 에덴의 서쪽에서 기척도 없이 다가왔어
그러한 그 상처가 열매를 맺고 그 열매가
향기로운 꽃을 피우며 환하게 잘려나갔어
왜냐하면 아픔도 다 때가 있는 거니까

붉은 그리움이 서걱대는 고요한 바다 위엔
지난여름 당신이 울컥 토해놓고 간
캄캄한 상처의 씨앗들이 둥둥 떠다니고 있었지
이렇게 흘리는 눈물은 혼자 흘리는 게 아니야

맹수의 흔적

사나운 사내의 구겨짐을 발견했다
울창한 밀림의 열기로 가득했던 그때
그가 포효했던 울음소리를 가만히 되짚어본다
회색 울음소리 속에서 쿨럭이던 먹빛 구름들
서쪽 하늘 붉은 생채기 속에서 별이 되어 반짝이던
아픔을 겨드랑이에 끼고 생각을 간추려 본다
검은 저녁이 한바탕 꿈이 되어 다녀갔다
쭈글쭈글한 맹수의 반대편으로 뒤집히는
불규칙적인 밀림의 음습한 기운 때문일까, 축축하다
날카로운 발톱을 뽑아 화분 속에 감추고
빨래집게로 네 발을 고정시켜 본다
구겨짐 속에 감춰졌던 밀림의 무늬가
역마살처럼 저녁의 면상에 모습을 드러낸다
고르지 못한 치열의 무질서를 감추기 위해
입술의 닫힘처럼 고요를 가장한 쭈글거림
어둠의 경계 너머에서 달아오르고 있다
내 뒤통수에 박힌 굶주린 시선이 우글거리자
목구멍을 타고 오르던 몽롱한 열기가
사색의 사타구니 속에서 꿈틀거린다
사랑과 붉어진다의 사전적 의미는 어떻게 말라가고
있는 걸까

돌아온 길

소심한지 몰라도 마주치고 싶지 않았는데
핸드폰 알람보다 먼저 인사를 걸어오는 것들이 있다
덜 숙성된 호박과 부드럽게 뺨을 스치고 가는
고양이의 숨소리,
횡단보도 건너편, 병원 의사가 처방해 준
일주일 치의 알약
식탁의 유리는 차갑고, 엇갈리는 손길이 서로 부딪치면
우린 서로 어울리는 말이 떠오르지 않아 입을 다문다
나는 밤을 향해 걷는 물고기처럼 서성이며 커피를 타고
당신은 뒤뚱뒤뚱 걷는 펭귄처럼 거실에 주저앉아
TV를 무심히 켜지
나는 책장 앞에서 책을 찾는 척 당신을 외면하고
당신은 눅눅한 벽에 기대어
비논리적으로 흘러나오는 뉴스와 논리적으로 전개되는
드라마 사이에서 돌아오는 길을 헤매고 있었다
소설책을 펼쳐둔 채 잠드는 걸 싫어하는 당신과
등을 돌린 채 잠이 드는 내 오랜 습관 사이엔
누적된 세월 속에서 마모된 낡은 이정표 하나 숨겨져
있다
당신은 냉장고에 넣어두었던 둔탁한 물병을 꺼내
한 잔을 벌컥벌컥 들이켠 다음 비몽사몽 잠이 들고

나는 쇄빙선을 묶고 남극으로 떠났다가
다시 돌아오는 꿈을 꾼다
식탁 위 늙어가는 호박의 피부와 고양이의 가쁜
숨소리는
깜깜한 발소리를 가볍게 놓다 옮기겠다는 신호이지
컵 속에서 스스로 녹아버리고 마는 커피 알갱이의
자살 같은
신선한 충동감을 나에게 선사하기도 해
화단, 배추꽃의 부음 소식을 듣던 날
모종삽을 손에 든 채 조문을 바치고,
베란다에서 어두운 거실을 지나
홑 껍질로 서 있는 나에게로 돌아오지

심장

벌레 먹은 심장 하나가 쟁반 위에 놓여 있었지

사과를 깎을 때마다 버려지는 껍질 속에서
점점 작아지는 붉은 심장을 지닌 모습을 발견했어
풋여름을 지나 초가을이 되어도 멈추지 않고
산소 주입기 펌프처럼 팔딱거리던 내 심장
어제는 허리가 꺾인 사과 껍질 속에서
두근거리고 있는 내 심장에게 한마디 해주었지

살면서 가치 없는 눈물은 흘리지 말라고
이유 없는 눈물을 자꾸 흘리면
어느 날 갑자기 나의 심장도
그대의 심장처럼 멈춰버릴지도 모른다고

오늘 아침에는 불완전한 내 심장이
메마른 접시 위를 빨간 눈물로 채우고 있었어
깊은 상처 속에서 아파했던 시간만큼

하얀 꽃 피는 사과의 계절이 돌아오면,
과수원 마당으로
수십 개의 심장들이 쿵 소리를 내며 떨어지곤 했지

이름표를 붙이지 않아 어떤 것이 내 것인지는
잘 몰랐었지만

붉은 은유가 뒹구는 가을 뜨락에서,
온전한 나만의 심장을 찾고 싶어 독사과보다
더 농밀한
왼쪽을 한입 베어 물었더니, 죽어가던 반쪽의 심장이
춤추는 댄서의 발바닥처럼 팔딱거리기 시작했어

봐봐, 오후의 녹슨 햇빛 속에서 웃고 있던
사과 하나가 후- 하고 긴 호흡을 내뱉고 있잖아

6부

흐린 날엔 먹구름 같은 마당을 쓸었다

어둠을 털어내고

어둠은 모든 존재의 비밀 속에 알을 슬어놓으면서
살아간다지
어쩌면 인간의 내면으로 파고들기 위해 그 행위를
하는지도 몰라

빛의 산란을 탐하는 이슬의 중심부를 향해
태초의 영롱함을 털어낸
어둠의 씨앗들이 하나, 둘
둥그런 물 뭉치로 변해 슬금슬금 스며들고

화려한 어릿광대의 옷을 입은 남자가
빨간 주먹코를 흔들며 걸어가고 있네요
풍선처럼 커다랗게 부푼 배에
어젯밤 꾹꾹 씹어 삼킨 검은 비밀을 가득 숨기고
아, 당신은 이제야 그 어둠 속을 걸을 수가 있었나
보군요

까만 얼룩이 점점이 박혀있던 사거리에
초점을 잃은 네모난 시계가
뇌수를 바닥에 뿌려놓은 채 누워있네요
붉은 욕망을 모두 뱉어내지 못했나 봐요

지하의 어둠 속으로 끌려가 버린 페르세포네처럼

졸음이 물에 젖은 솜처럼 무겁게 내려앉은 골목
나팔꽃이 꼬불꼬불한 여린 촉수로
전봇대를 휘감은 채 세상을 내려다보고 있어요

새벽, 나는 비로소 눈을 열었다
수묵 같은 어둠을 툭툭 털어내면서

말랑해진 식빵

쭈글거린 뱃살처럼 식빵이 말랑해지고
농익은 저녁이 발코니 위에 펼쳐지면
우린 쇼팽의 잔잔한 선율을 따라 눈을 감는다
희미해진 기억이 버무려지는 순간
손끝에서 뭉개지던 한 장면이 스치고
글루텐 같은 섬유질이 나를 옭아맸다
감정의 핏대를 한 옥타브 올리고
피아노 건반을 거칠게 눌러댄다

생각을 질근질근 씹고 있던 입술이
피에로의 흉내를 내며 씰룩거린다
잼병을 머리에 이고 있던 쇼팽이
잼칼을 쟁반 위아래로 휘두른다
말랑해진 식빵 위에 오선을 그려 넣자
황금색 올리브향의 음색이 펼쳐진다
내면에 바르면 바를수록 향기로워지는

멈춰버린 시간이라는 벽에 발바닥을 마주 대면
곰팡이 핀 어제의 하루가 식빵처럼 짜부라진다
말랑해진 뱃살을 움켜쥐고 탱고 춤을 추면
부드러워진다는 말을 더듬어본다

울음이 깊어진다는 말로 위안을 하듯

말랑함의 본질은 딱딱한 잇자국을 본뜨는 것,
찢어진 결 사이로 쇼팽의 황금색 광기가 흘러내린다

흐린 날엔 먹구름 같은 마당을 쓸었다

우주 공간을 맴돌던 초침 하나가
햇살의 꼬리를 물고 사라졌어
발끝만 바라보아도 눈이 시리던 날,
그리움이 몽글몽글 넘치는 길목쯤에 서서
서쪽의 먹구름이 웅얼거리는 오늘 같은 날,
좁다란 마당을 안쪽에서 바깥쪽으로
왼쪽에서 오른쪽으로 무심히 쓸고 있었던 게지
한바탕 소나기 지나간 아궁이 속 잿더미처럼
허울로 가득 찬 화농 같은 마음을 쓸어내듯
앞마당을 지나 뒷마당까지 쓸어나갔지
서정주의 색 바랜 국화꽃 누이처럼
마침내 여름에서 겨울로 가는
아무런 기척도 없는 삶의 행간을 정리하다
오래전에 소소하게 나누었던
일상의 인사말들을 떠올려보았지
생이란, 빽빽한 문장 끝에 대롱대롱
매달려 있는 메타포의 방점 같은 것
때로는 운석처럼 이리저리 부딪치다
빵 부스러기처럼 사방으로 흩어지는 것
때론 낙엽 지는 계절의 등 뒤로 돌아와선
과거의 그림자들처럼 와르르 무너지며

삭히지 못한 열꽃처럼 너울거리고 있었어
그럴 때마다 서둘러 싸리비를 찾아들고
은행잎 쌓여있는 사색의 마당을 쓸어나갔지
내 낡은 하루가 일찍 어두워지기 시작했어
쓴맛이 배어나는 시몬의 구르몽처럼
실금 같은 기억들이 뇌리에서 우글거렸어

정지된 순간

밤의 터널을 향해 달려가던
자동차 불빛이 한순간에 확 다가온다
굶주린 짐승의 눈동자처럼
가로수 사이에서 스크루지의 유령들처럼 흐느적거리던
까만 어둠, 놀란 듯 들숨만 들이킨 채 가만히 서 있었다
진실이 결여된 웃음소리가 산화되어 흩어지고
한쪽으로 기울어진 X축의 절박함이
내재된 빛의 본성과 암흑 사이에서 머뭇거리는 순간,
그의 손을 벗어난 낚싯대의 바늘이
침묵으로 점적 된 물속으로 잽싸게 뛰어든다
저수지 수면마다
데칼코마니화 된 나무의 그림자, 명치끝 아래에서
부활한 기억의 잔재처럼 흔들린다
긴장감이 사라진 Y축의 측면에선
아가미가 찢어진 블루길이 용수철처럼 튀어 오르고,
작은따옴표 사이에서 머뭇거리던 두 개의 바늘이
자정의 입구에서 발걸음을 멈추면,
달과 지구의 심장은
함축된 문장의 의미처럼 하나로 뭉쳐진다
삼차원으로 분리되어 있던 시공간의 문이
비로소 닫히고 있다

어두운 골목 안에는 별들이 살고 있다

녹슨 대문과 별의 죽음 사이에는 붉음이란 두 글자가
존재하는 걸까

골목 입구에 서서 블랙홀 같은 골목 안쪽을 들여다본다
곤히 잠들어 있는 당신의 비밀을 엿보듯
보이지 않는 것에 대한 호기심을 안고 첫발을 내딛는다
암막 커튼처럼 늘어진 어둠을 옆으로 살짝 밀면서
저 멀리 은하수 너머 골목 끝을 응시해 본다
가까이 다가가는 소멸 직전의 별처럼
군데군데 칠 벗겨진 녹슨 대문이
거무스레한 모습으로 서 있다

붉은, 검붉은, 거무죽죽한,
타락하듯 짙어져 가는, 별의 생성과 죽음에 대한
형용사의 사전적 변화 과정을 살펴보니
비릿한 녹 냄새가 묻어 나올 것만 같다
명치끝에서 멀미처럼 올라온 푸른 녹 냄새 때문일까
갑자기 엄마 생각이 났다
별똥별의 꼬리를 잡아당기듯
사자머리 모양의 문고리를 잡아당기며
엄마를 느리게 불러본다

외출이라도 하신 걸까, 아무런 기척이 없다
지구의 동공처럼 마음이 허전하다
별이 죽어가듯 빛으로 빨려 나간 엄마의 얼굴이
떠오른다
엄마의 얼굴에 태양의 빛을 바르면 화이트홀이
될 수는 있는 걸까
쭈그려 앉은 두 무릎 사이에서 끼익,
늙은 별의 울음소리가 새어 나온다

길을 줍는다

야스나리, 소설 속의 장면처럼
창문을 열었더니 온통 하얀 세상이다
가랑가랑 봄비가 내리고 있는 가로수 양쪽으로
벚꽃 잎이 가득 쌓여 있다
야윈 봄의 껍질처럼
설레는 마음을 안고 집 밖으로 뛰쳐나가 본다
촉촉이 젖어 있는 가로수 길 따라
무심히 걷고 있던 내 발걸음 앞에
색다른 여러 개의 길들이 펼쳐진다
십 대 아이들처럼 질주의 본능이 잠들어 있는 도로가,
시집간 얼굴 고운 누이처럼 개나리꽃이 만발한 산책로,
식솔 딸린 가장의 무게를 어둠으로 덮어버린 골목길
그리고 황혼의 부부처럼 호젓해진 오솔길
살아온, 앞으로 살아가야 할 삶의 길이
언제부터 내 앞에 이렇게 많이 쌓여있었던 걸까?
여러 갈래로 흩어지려는 생각을 가슴으로 끌어모으며
빗물 위에 떠 있는 벚꽃 잎을 바라본다
'오늘은 지나가는 봄비에게 현재를 내어주지만
내일은 따뜻한 봄 햇빛에 미래를 내주어야겠지'라는
    생각을 품어내며 화사한 누이의 길로 발걸음을 옮겨
놓았다

젖어 있는 벚꽃 잎 한 장 주워 들고

잠시 멈춰 선 시간의 바깥쪽에서
주름진 석양이 천천히 걸어가고 있다

무제 그리고 명제

곤히 잠들어 있던 내면의 바람이 새어 나온 걸까
도로의 가로수들이 성난 파도처럼 흔들거리고 있어
마음이 힘들 때마다 늘 그랬던 것처럼
무료한 일상이 묵은 갈증을 해소하고 있었던 거야
벽 한 면을 모두 차지하고 있는 거울 속에
어제의 행동을 반복하고 있는 네가 보여
지금 글을 쓰고 있는 나의 문장처럼, 어색한
몸짓으로…
있잖아, 오늘은 커피를 마시다가 떠오른 생각 하나를
얼룩진 그림자가 스민 커피잔 속에 풀어놓는 거야
"사라진다는 것에 대한 명제를"
예로 들면, 네 마음처럼 차가운 비는
따뜻한 햇볕을 사라지게 하고,
겨울과 봄의 경계에 서 있던 한 줄기 햇살은
조금씩 기울어가는 눈사람의 마지막을 사라지게 하고,
진한 어둠을 가르며 달려가는 폭주족 오토바이 소리는
한밤의 고요함을 사라지게 하고,
꾸깃꾸깃한 원고지 위에 나열되어 있는 서너 줄의
문장은
게으른 시인의 고뇌를 사라지게 하지

사라져 가는 감정의 여운을 숨기고 싶었던 걸까

네모난 캐리어를 끌고 살금살금 걸어가는 네 발뒤꿈
치를 보며

내 손가락은 무의식적으로 식탁 위의 빵 봉지를 잡아
뜯기 시작했어

아담의 갈비뼈가 튼튼하다는 학계의 이론은

얼마나 정확한 명제인가를 떠올리게 하며

빨간 포인세티아 잎을 만지작거리며

벌어지려는 마음의 틈새를 막아냈어

미련하게 흔들거리는 거리의 나무들처럼

깊고 깊은 방황의 늪에 빠지기 싫어서

네가 남기고 간 빗방울들이 커다란 웅덩이를

만들어 놨어

아마도 태초의 그리움으로 돌아가고 싶었나 봐

자, 이제부터 이브가 될 시간이야 (무제의 증명)

슬픔의 질량

수직으로 내리고 있는 빗줄기가 아프지 않은 이유는
하늘에서 땅 아래로 내려오는 동안
세찬 바람에 둥글어지기 때문이야

그녀의 익숙한 손놀림에
목덜미를 간질이던 머리카락이 뭉텅뭉텅 잘려 나갈
때마다,
하나의 분신처럼 웅크리고 있던 잿빛 슬픔이
한 움큼씩 바닥으로 투둑, 떨어진다

아이올로스의 손짓에 흔들리는 나뭇잎과
자동차 바퀴의 마찰음이 소란스러운 창밖에는
어느 무명작가의 끄적거림처럼
흐릿하고 단조로운 비가 내린다

습관처럼 틀어놓은 선반 위의 TV에서는
팔레스타인 가자지구의 난민 아이들이
무소유의 성자처럼 맨발로 뛰어다니고
굶주림 끝에 죽은 아이를 안고 소리 없이 통곡하는
어느 어머니의 모습이 영화의 한 장면처럼 클로즈업
된다

피에타, 벗어날 수 없는 고통의 굴레여
인간의 슬픔의 질량은 몇 그램이나 될까

누군가 그랬지
슬픔이란 무게 질량은 시간이 흐를수록 눈물과
반비례한다고
서서히 말라가는 저 담쟁이넝쿨처럼

고등어

온갖 이국적인 말이 난무하는 바벨탑 주위 같은 시장터
비린내 나는 좌판 위에 지친 하루가 녹아있는 물을
온몸에 끼얹고 죽은 듯이 누워있는 한 꾸러미의
고등어들
고등어들의 일개 분대가 어둠에 젖어가는 하늘을 향해
멍하니 입을 벌리고 있다
무언가 할 말이 남아있다는 듯
세 치 혀를 가진 인간들처럼
바닷속 충충, 하고픈 말들을 쌓아놓고 있나 보다
주름이 자글자글한 손을 휘휘 저으며 쇠파리들을
쫓아내고 있는데
서너 명의 여자들이 좌판 곁을 기웃거리며
조심성 없이 혀를 놀리고 있다
항상 그랬던 것처럼
꼬챙이 같은 그녀들의 특유한 언어가
부엌칼처럼 등에 내리꽂힌다
묽은 설사처럼 쏟아지는 말의 변
고약한 냄새가 주위로 스멀스멀 퍼져나간다
고등어의 흐릿한 눈동자가 더욱 흐물거리고
푸르뎅뎅한 살덩어리가 어느 날 갑자기 흘러내린
태아처럼

좌판 밑으로 흘러내릴 것만 같다
가슴에 가득 찬 욕심 때문에
짭조름한 바다를 잃어버린 사람들
몇 년 동안 썩어가던 갯벌이
그녀들의 몸과 함께 오버랩된다
제일 앞에 꽂혀있던 고등어가 속삭인다
"당신들은 나보다 못한 존재들이야"

지금 아픈 건, 들국화

손끝이 시려오는 십일월이
겨울새의 둥지처럼 서서히 비워져 갈 때,
주인 없는 산비탈 아래에서 우연히 보았지
한 뎃박의 햇볕 아래 고개를 숙이고 있는 너를
지구의 어느 한 곳에서 이렇게 운명처럼 만날 수
있다는 것에
떨리는 마음을 진정시키며
푸른 잔털이 촘촘한 가느다란 목덜미를 쓰다듬었지

손끝에 전해져 오는 숨결 같은 떨림이 벅찬 기쁨으로
승화되고,
오직 처음부터, 완벽한 피움이란 단어 하나만을 위해
사유처럼 깊어져 가는 붉은 슬픔을 애써 감추며,
온 힘을 다해 새벽부터 먼 길을 달려온
눈부신 햇살의 줄기를 완만한 가슴으로 모으는 시간

네가 나에게 보내준
그 기도문의 문구를 곱씹으며 조용히 눈을 감는다

정오란 절정이 지나가고
오후의 햇빛이 모두 사라진 지금,

흔들리는 늦가을의 향기를 손가락으로 통통 튕기면서
나는 무릎을 꿇는다, 숭고한 네 앞에

멀리 성당의 종소리를 따라온 노을이
국화꽃 속으로 걸어 들어간다, 태초부터 그랬던 것처럼

언제쯤이면 가을색이 가득한 네 향기로
풍성한 기도의 꽃을 피워내 수 있을까

지금 가장 아픈 건 바로 너!

7부

여인은 붉은 등불을 들고 가을처럼 왔다

그대, 가을이 왔다

중력에 흔들리는 가을은
한 그루의 사과나무처럼 서 있었다
붉은 등불을 들고 있는 여인처럼
그대가 기다리는 메타포로 가을이 왔다
어제, 가로수 밑에서 수북한 낙엽 더미를 다독이고
있을 때,
길가의 은행나무가 자신의 몸을 흔들며
우주의 심장을 떨어뜨리는 것을 보았다
화들짝 놀란 사람들, 가던 길을 멈추고 괴성을 지른다
아직 선정에 들지 못한 발자국들,
시어들의 무게중심이 끌어당기는 팔 할의 중력에
이끌려
문장의 길모퉁이로 사라져 갔다
허망하게 사라져 가는 것들의 뒷모습을 바라보다가
문득 내 몸속에서 달그락거리던 당신의 분신인
갈비뼈가 생각났다
초조한 마음을 안고 버스 승강장을 지나려는데
알록달록한 무늬 옷을 입은 여인 하나가
하나뿐인 내 갈비뼈를 어루만지며 지나간다
조금 늦게 찾아온 가을의 냄새를 묻히려는 듯
날개를 잃어버린 낙엽들이 추락하듯 땅으로 떨어진다

운문의 언어가 배재된 투명한 하늘을 올려다보며
가을이 나에게 남기려는 것들을 허공에 하나씩
나열해 본다
꽃자리, 예갈이, 무서리, 불완전한,
젖은 우산 아래의 막연한 서성거림
그리고 먼저 다가온 왼발의 설렘과
반박자 뒤에 남아있던 오른발의 망설임 같은 것들
나만의 가을이 도래한 것일까
처음 기다림을 배우던 소녀처럼, 수줍게
붉게 스며드는 아다지오의 선율로

숭숭한 구멍

산수유 꽃잎이 우수수 지던 날,
방향감각을 상실한 사선의 비가
밤새 유리창을 두 두 득 두드린다
어느 한 곳에 머물지 못한 채, 바람이 이끄는 대로
어둠에 가린 창문에 온몸을 내던진다

좁쌀 같은 구멍이 숭숭 뚫린 방충망에
눈, 코, 입 없는 여자 얼굴이 드리운다, 누구일까?

밤이 이슥토록 울부짖는 바람의 통곡 소리에
방충망에 어린 그녀, 마스카라가 섞인 검은 눈물을
뚝뚝 흘리며 서 있다

밤을 혼곤히 적시던 봄비가 그치고,
눈시울 붉어진 눈동자처럼 아침 해가
시리고 차가운 마음을 붙잡고
울컥, 토악질을 해댄다
목울대에 걸려있던 작은 햇살들
붉은 꽃잎처럼 사방으로 흩어진다

낡은 방충망에 집을 지으려던 무당거미,

물러진 물웅덩이에 빠져 팔, 다리를 허우적거린다
눈, 코, 입 없는 여자 얼굴에는
삐쭉거리는 입이 돋아났다
내일 밤엔 젖니를 만들어 줘야지

빗방울 서사

하늘이 우울하고
내가 읽고 있던 시가 로렐라이의 노래처럼
슬퍼지는 건
모두 빗방울 때문이야

빽빽하던 오후의 햇빛이 사라지고
밀가루 반죽처럼 끈적거리던 먹구름이 입을 벌리면
오전 내내 그 속에서 숨을 죽이고 있던 젖은 언어들이
콩 꼬투리 속 콩알들처럼 우르르 쏟아진다
투명하고 둥근 언어들이

"내린다"라는 동사적 의미가 거세지는 걸까
구름 속에서 파생된 언어를 입에 문 빗방울들이
유리창마다 세차게 부딪쳐온다
지친 모래밭을 향해 달려오는 파도처럼

나뭇잎이 젖어가고,
거짓말이 난무하던 검은 입술도 젖어가고,
화단가에 옹기종기 모여있던 작은 화분들과
밤마다 나를 밀어내던 어둠 속 기억들도 젖어간다

"젖어버린", "젖은" 이란 시어가 내포한 은유는
무엇일까
곰곰이 생각하다가
자신이 버림받는 줄도 모르고
지난여름 바닷가를 누비던 소라게가 그리워,
빗방울들이 나에게 말을 걸어올 때마다
손에 든 크레파스로 크고 작은 동그라미를
그리고 또 그려댔지
그 의미를 알아낼 수 있을 때까지

밤의 유리창에 빽빽하게 차오른 붉은 침묵의 언어들이
굳어버린 마음의 벽을 타고 서서히 흐른다, 익숙한
서사시처럼

해가 나에게로

울지 않을 거야
다시는 울지 않을 거야
두 주먹 불끈 쥐고 다짐하던 아이처럼
설움에 가득 찬 그가 잠시 울음을 멈추고
눈시울이 붉어진 채 하늘을 원망하듯 바라본다

한참 동안 걷다가 다다른 골목길 막창집,
감나무 사이로 얼굴을 드러낸 붉은색 석류꽃,
때마침 가뭇없이 사라지는 새 한 마리의
한숨이 한줄기 햇빛처럼 길어지고 있었다

가끔씩 감나무 밑을 오가던 사람들이
그녀를 쳐다보며 탄성을 지른다
어색하게 미소를 짓는 그녀의 얼굴 위로
따가운 햇볕이 화살처럼 쏟아져 내린다

까슬한 지난 추억이 아슴하게 떠오른다
흰 칼라가 달린 교복을 입고 단발머리 나풀거리며
골목길을 열심히 뛰어다니던 소녀 하나가
푸른 소실점이 되어 안갯속으로 사라진다

정오를 알리는 시침이 째깍거리며
몽글거리는 햇살 속으로 걸어 들어간다
점점한 등 푸른 골목 어귀에서
뫼비우스의 굴레를 벗어던진 그가
붉은 해가 되어 나에게로 걸어왔다

낡은 배 해안가에 서 있다

땅거미가 내려앉은 해안가에
낡은 배 한 척 매여 있다
무엇을 비워내고 있는 걸까

더러는 낯선 불빛과
갈치, 고등어, 소라, 멍게 등
만선의 꿈을 가득 싣고
환호성까지 질러댔던 저 배
한때는, 때로는
어부라는 이들의 푸른 꿈이었던 적도
많았었지

뭍으로도 못 오르고 바다로도 못 나가자
일그러진 표정으로 정박해 있는 배
어둠 속 기억들을 붙들고 물 밑으로 잠기고 있다

지난날 고통이 욱여온다
살다 보면 때론 이런 아픔도
내 성장의 씨앗이 된다는 걸
정박해 있던 배를 보고서야 깨달았다

배 후미에 매달려 있는 집어등에
불빛이 들어온다
고향으로 회귀하는 연어 떼처럼
불빛 피어난 곳으로
모여드는 푸른 바다의 기억들

밤도 만선인가 보다

달리기

그는 언제나 앞으로만 향해 달렸다
이른 아침부터 늦은 저녁까지
무엇을 위해 무엇을 향해 달리는지,
무엇이 그로 하여금 날마다 그토록 달리게 하는지,
이유도 모른 채, 사연도 모른 채
머리를 조아리고 가만히 생각을 해보면
잠을 잘 때 말고는 항상 달리고 있었다
새벽 출근 버스를 타고 있을 때도
퇴근 후 친구와 술 한 잔 마실 때에도
그는 쉬지 않고 달리고 있었다
밤마다 피곤하여 발이 쉴 때는
갈 곳을 잃은 그의 마음이 그도 모르게 달리게 하였다

어제는 그녀랑 낙엽 밟기를 하면서도
자신도 모르게 달리고 있었고
그녀와 헤어져 집으로 돌아오는 길에도, 집으로 돌아와,
온기가 사라진 이불속에서도, 헤어진 이유를
생각할 때도,
그는 끊임없이 달리고 있었다
불투명한 미래를 향해 달려가는
기억 속 고향으로 달리는 기차처럼

화이트 칼라가 아닌
검은 운동화를 신고 살아가는 동안에도
쉼 없이 달려야 했다

창밖으로 휙휙 지나가는 풍경 속의 계절꽃이
해거름을 향해 달려가는 그의 삶처럼
미련 없이 지는 이유를 알 수 있을 때까지

밤마다 허리를 흔든다

서사의 주인공처럼 드나들던 늦은 밤,
마음을 짓누르던 고민에 혼곤히 젖어
말없이 저수지 둑을 터벅터벅 걷는다

인적 끊긴 외진 다리 위에서 싸락눈 내리듯
홀로 깜박이는 가로등 불빛을 쟁여가고 있다
머리 산발하고 쫓아오는 꽃샘바람도 있었다
제피로스가 이마를 스치고 지나간다

어둠이 물들기 시작하자 악몽 같은 어둠 속,
하늘과 물의 경계에서 서성이던 달그림자
바람이란 파문이 남기고 간 저수지 물결 위에
춤추듯 출렁이며 만삭의 몸을 푸는 그림자

이른 봄을 휘휘 휘젓던 바람 따라
이리저리 몸을 흔들어 대던 율동을
연출해 내는 둑 위의 푸른 갈대 줄기들

노숙 생활로 흘러내린 후줄근한 머리칼 한 채
물비늘 따라 걷다 마른 눈물 흔적 쓰다듬는다
오십의 생이 나침반의 바늘처럼 제자리만 맴돌던

캄캄한 마음의 빈자리를 더듬어 기억을 되새기는 밤,

초침 부서지는 밤마다 허리가 가냘프게 흔들린다

눈물의 정의

바닷물을 마실 수 없어
나는 오늘도 숨소리 희미한 문장들을 눈물로 핥는다
그럴 때마다 매듭 풀린 시어들은
남극의 빙산처럼 은유의 뇌리에서 녹아내리고
소금물을 눈물이라고 이야기할 때마다
바다는 조금씩 파도를 품어가며 거칠어졌다
하루 종일 몽글거리는 거품을 토해냈던 바다가
미처 삭히지 못한 어둠에 몸부림칠 때마다 우린,
북극성과 나침반 사이에서 서로 다른 방향을
눈으로 가늠하며 바닷물의 염분을 서서히 소멸시켰지
달의 가면을 쓰고 슬퍼하는 루나의 얼굴을 어루만지며

오늘 밤이 그믐이면 참 좋겠어, 작년처럼
사실, 어둔 밤바다를 매우 사랑한다던
어느 여류 시인의 눈물의 농도가 걱정되었으니까

잠시 걸음을 멈추고 파도의 울음소리를 들어봐
출산이 임박한 산모의 절규처럼 들릴 거야
"원래 이별은 그런 거야"라고 우리들은
수족관 안의 금붕어처럼 입만 뻐끔거렸으니까
늘 하던 대로

자, 이제 네가 모아둔 자음과 모음을 섞어가며
소금기가 사라진 눈물 한 방울을 한 줌만 만들어줘야지
그리고 내 마음 위에 소복이 뿌려줘
올해는 속눈썹이 예쁜 낙타 한 마리 키우고 싶으니까

불빛

불빛은
뜨거운 목구멍까지 차오른
광란의 빛 덩어리
자신감을 상실한 밤의 이름으로
도로를 절규하듯 내달리던 폭주족

가로수 길목마다
흐드러지게 만개했던 벚꽃이
싸라기눈처럼 져버린
사월의 마지막 밤

제 궤도를 이탈한 두 갈래의 빛이
칠흑 같은 어둠으로 뒤덮인
고속도로 위를 밤새 질주한다
그대는, 거친 생의 절반을
쫓는 자 없는 쫓기는 자가 되어
달리고 또 달리며 살아왔다

미친 듯, 하루 종일 똑딱거리던
푸른 시간의 단면 너머로,
반투명한 빛의 흐름 속에서

주름진 추억으로 잠들어가고

이름 모를 타인의 흔적이 묻어나는 거리마다
형형색색의 불빛들이 꽃물결처럼 일렁인다

8부

통통 부은 눈동자가 자꾸만 움직이는 거야

손

손이 자주 부푼다
누군가 끝없이 펼쳐놓은 꿈처럼
잠을 잃어버린 새빨간 눈동자의 유령들이
불빛 사라진 터널 입구에 서서
몸뚱이만 남은 어둠의 조각들을 줍고 있다
은백색 실을 뽑아내는 아라크네처럼
쭈글거리는 손주름이 익숙해지는 건 무슨 연유일까
부풀어 오르는 손안의 그리움처럼 고여있던 푸른 피를
심장으로 되돌려보내고 싶어 열 손가락을 오므렸다
펴본다
잼잼이 놀이를 하는 갓난아이처럼
핏기가 사라진 손마디마다
마른 향기의 꽃이 피었다 지워진다
식어가는 심장의 온기를 움켜쥐고 싶어
세면대 안에서 출렁이는 물의 표면에
잔망 어린 손바닥을 대어 본다
더듬더듬 손등까지 타고 올라오는
투명한 물의 살덩이들
눈더미처럼 부풀어 오른손을 움켜쥐며
껍질만 남은 현실의 모습을 지워본다
나도 모르게 흥얼흥얼 콧노래를 부르며

나를 훔쳐보는 불온한 거울에게
한쪽 눈을 감았다 뜨며 유니크한 신호를 보낸다
생기 가득한 손을 흔들며,

찐 계란

찐 계란 속에는
하나의 지구가 들어 있다
23.5도 기울어진 타원형의 껍질을 벗겨보면
그녀의 살결처럼 말랑말랑하고 탱글탱글한 하얀
외핵과
조금은 단단하고 포슬포슬한 노란 내핵이 자리하고
있지
또 어떤 것에는 생명의 기원이 된 태양의 붉은 흑점이
드러나 보이기도 하고.
껍질이 벗겨진 찐 계란을 한 입 베어 물면
흐림과 맑음이 공존하는 두 마음의 경계선상에서
헤매고 있는 그대처럼
초유의 비릿함과 고소함이 돌기로 솟아오른
혓바닥을 감싸며
목성의 위성처럼 입안을 맴돌지
중력에 이끌린 반토막의 달이
지킬과 하이드의 웃음을 지으며 부엌 창가를 서성일 때
가스레인지 위의 냄비 속에선
달그락달그락
어미를 찾는 어린 의성어들이 반복적으로 튀어나왔지
태어나지 못한 것들의 슬픈 파열음,

팽창하는 뜨거움을 이겨내지 못하고 충돌을 한다
빅뱅이다
공기 속을 떠돌던 미립자 같은 미증유의 언어가
사라지자
지구를 들어 올리듯 냄비 뚜껑을 열어본다
닭 볏 같은 몽글몽글한 거품이 죽은 듯이 떠 있다

비틀거리는 가을

정지된 햇살 아래
비틀거리는 가을이 서 있다
잠들어 있던 정오의 나뭇잎들이
불안한 듯, 좌우로 몸을 비틀며 부스럭거리고
잿빛 허공에 날숨을 뱉어내고 있던
바람이란 철학자들,
낭만으로 뒤범벅된 낙엽들을 한 장 한 장 뒤적거리며
사색의 자양분인 고독을 말리고 있다
쓰러진 침묵이란 시간 아래
우울한 당신이 두고 간 슬픔에 물든 책장을 어루만져
본다
마모된 책장의 모서리에서 바스락바스락
낙엽들이 당신의 울음소리가 되어 새어 나온다
비틀거리는 가을 안으로 날개를 접은 그녀가
들어서고 있다
풍만해진 가을이 키득거리며 살껍질 같은 색 바랜
은행잎을 떨군다
늙은 시인의 얼굴 위에 시를 쓰고 있던 그녀가
단풍나무 붉은 구멍에서 걸어 나온다
비틀거리는 가을 안에 살고 있던 함축된 그리움이
은유스럽게 서서히 **빠져나간다**

그늘진 오후의 가로수 아래 말라비틀어진 소외감이
난청을 지닌 성자처럼 뒹굴고 있다

울고 싶을 땐 이유가 필요해

하늘 끝에서 미적거리던 구름을 만져보았어
아직은 온기가 남아있는지 말랑거리더라고,
언덕에서 쳐다보았을 땐 구름의 속마음이
잿빛인 줄 미처 몰랐다고나 할까
당연히 그 이유도 몰랐지
아주 오래전, 어느 시인이 말한 거야
"세상의 모든 것은 보이는 것이 다가 아니라고"
우리는 가끔 엉뚱한 곳에서
엉뚱한 사물을 보고 그 이치를 깨닫기도 해
미적분의 공식이 가득 적혀있는 수학노트가 아니라
서 다행이야
알고 있니? 지금 네가 걷고 있는 태양의 테두리가
바게트 빵처럼 바삭거려
아마도 달콤한 잼이 조금은 필요할 것 같아
난 수채화처럼 엷은 슬픔을 좋아하니까
오후엔 한적한 시골 교회 예배당 안에서 기도를
하기로 했어
어젯밤 영화관에서 보았던 "검은 일요일의 사제"가
생각나서…
기도를 끝내고 다시 하늘을 올려다보았더니
아기 고양이의 뱃살처럼 말랑거리던 뭉게구름이

돌멩이처럼 딱딱하게 굳어가고 있었던 거야
마치 슬픔이 몽글게 전해지는 것처럼
난 유화가 싫어, 다행히도 뭉크는 좋아하지만
있지, 그냥 먹구름이 되도록 놔둘까 봐
가끔은 검게 울고 싶을 때도 있을 테니까
그럼 네가 가서 말해줄래?
가끔은 슬픔이 찾아와서 조금만 기다려주면 좋겠다고
개똥지빠귀가 찾아올 때까지

구겨진 과자봉지

버스정류장 의자 위에 누군가 버리고 간
꾸깃꾸깃 구겨진 과자봉지가 비스듬히 놓여 있다
며칠 동안이나 노숙의 두께를 부풀리고 있었던 걸까
예전, 반듯하고 빵빵한 몸이었던 시절에 새겨졌던
유통기한과 이름은 문질러져 보이지 않고
너덜너덜해진 은박지 속살만이
물비늘처럼 햇빛에 반짝이고 있었다

기다리고 있던 버스가 오지 않아
누런 침묵 속에 한 잎 두 잎 떨어지는
은행잎을 숙박게 필체처럼 눈으로 흘겨본다
묵은 기억의 햇수만큼 수북이 쌓여가는 낙엽,
피멍 든 상처의 무덤처럼 불룩 게워 놓은 것인가
별이 내려앉은 골목마다 어둠이 닻을 내리면
올망졸망한 자식들, 손바닥만 한 단칸방에서
서로의 등과 이마를 맞대고 미닫이창 같은 쪽잠을 잤다
그런 아이들을 바라보며 깊은 한숨을 내쉬던,
가난의 무게만큼 일그러진 아버지의 얼굴이
구겨진 과자봉지 위에 흑백사진처럼 겹쳐진다
봉인 풀린 해묵은 상처가 시린 가슴을 뚫고
구겨진 기억 너머로 얼비치면 얼굴조차 어두워지는 밤

해진 과자봉지가 바람에 날려와 발밑으로 떨어진다
바람결에 저미는 아픔이란 파열된 조각을 줍듯
구겨진 봉지를 주워 의자 위에 올려놓는 것과
같아서……

누가 상처투성이의 과자봉지를 버리고 갔을까

얼룩

달의 이면처럼 검은 영혼을 가진 얼룩,
얼룩은 어지러운 내 마음속의 화두
숨 쉬지 않는 심장의 데칼코마니
딱! 딱!
미처 자라지 못한 내면의 얼룩들이 둔탁한 죽비소리를
수행이란 본질 속으로 끌어당긴다
창밖엔 어둠을 갉아먹은 얼룩덜룩한 나뭇잎이
바람에 수시로 비스듬하게 흔들리며
자동차 헤드라이트 불빛 속을 통과하고 있었어
가느다란 희망이란 실을 잣고 있는 아라크네처럼
영혼이 빠져나가 축 늘어진 걸레를 들고
거무티티한 밤의 생채기를 문질러댄다
방 한쪽 구석에 허연 달그림자가
뱃속의 태아처럼 몸을 웅크리고 있다
죽은 자의 얼룩이, 그 뿌리가 은행나무처럼 깊었기
때문이다
어릴 적 서커스 공연에서 보았던 한쪽 팔이 짧은
피에로가
외바퀴를 굴리며 생의 외줄을 타듯이…
환한 불빛 아래서 슬픈 웃음을 지으며 울고 있던
얼룩투성이의 피에로로 변신해 가는 것이다

그렇게 덕지덕지 묻어있던 어둠의 얼룩들을 누가
닦아주는 걸까
불순한 하늘 곳곳에 그대가 닦아내지 못한 얼룩들이
까만 털실처럼 뭉쳐가고 있는 순간이다

달빛은 길어진다
 ― 혼인의 날짜가 다가온다

축 늘어진 어둠이란 은유를 물고
달빛이 엿가락처럼 굽어지고 있다

오래된 듯 그날이 흐르고 있는 거야
차분하게 가라앉았던 얼굴을 한 채
시간의 뒷덜미가 선잠 속에서 옹알거리듯
내게로 무심히 그렇게 다가왔다

달빛이 호수 아래에서 흠뻑 젖은 채
허기진 밤의 가장자리를 채워나가고 있다
궁색한 이야기들이 핏기 서린 육체로 움츠리고 있고
검은 아마포처럼 펼쳐진 잠자리 근처에선
격정적인 불안마저 굵어지고 있었던 거야
얼굴에 닿는 눈물이 멈춰지면,
하나뿐인 순한 눈망울을 굴리며
어둠을 껴안은 불안이 마음 저편으로 사라지는 걸까

하루의 걸음걸이가 점점 빨라진다
어디쯤 왔을까
분수처럼 솟구치는 초조함, 손톱을 물어뜯으려다
식탁 위에 놓여있던 달력을 잡아 뜯는다

길었던 달빛이 짧아지고
문밖에서 노크 소리가 들려왔어

퉁퉁 부은 눈동자가 자꾸만 움직이는 거야
허무함이 질척거리는 내 결혼식
불빛을 등지고 걸어 나가야 하나

있잖아, 어둠에도 그늘이 있나 봐
저길 봐, 호수 위에 어른거리던 검은 수심
혼자가 된 달빛을 빨아먹고 있잖아

발등의 혼인

벌거벗은 발등을 물끄러미 내려다본다
과거가 널브러진 어둠처럼 새까맣다
하루 종일 어디를 다녀왔을까
각각 제멋대로인 다섯 개의 발가락이
불안한 듯 발끝에서 꿈틀거린다
전생을 이끌고 온 내일이 혼인식인데
양 발등을 아무리 맞대려 해도 맞대지지가 않는다
서로 마주 봐야 혼인 서약을 할 수 있을 텐데
이어지지 않는 슬픔을 간직한 평행선처럼
조여지지 않는 풀림처럼 나란히 기대 있는 발등
발바닥은 서로의 얼굴을 맞댈 수가 있는데
두 개의 발등은 얼굴을 맞댈 수가 없어서
생각이 수도 없이 헛도는 날이면
서러움으로 가득해졌다
난데없는 몇 방울의 눈물이 발등 위로 떨어지지만
그마저 머물지 못하고 바닥으로 향하는 직진을
고집한다
단 한 방울의 눈물조차 가질 수 없는 발등
일정한 배당처럼 주어진 삶이 힘들 때마다
양말까지 거부한 맨발이란 발등의 모습이 안타까워
헐렁해진 이불의 끝을 가슴까지 끌어당긴다

밤이 깊어지자 벽에 등을 기대고 있던 괘종시계가
내가 잠든 방안을 열두 번의 불길한 소리로 메꾸고
있다
시간이 흐를수록 발등과 발등 사이가 멀어지고
그늘의 긴 그림자가 발목에 휘감긴다
골방 같은 심연의 늪 한가운데에 서서
어둠의 저편을 물끄러미 바라보니
걸어보지 못한 길의 출발선이 새벽안개처럼 뿌옇다
꽃바람처럼 어둠이 걷히면 발등의 혼인식인데

몸의 철학을 읽어내며

이상호

문학박사 · 시인

　21세기를 살아가는 우리는 마음이란 전망을 얻기 내기 위해, 나아가 그 마음의 전망을 읽어내기 위해 파편화된 정서를 보듬고, 다소 험준한 표현을 해내고자 하는 욕망의 길로 나서야 한다. 그러기 위해선 시대성이 담긴 삶의 난해성과 감정, 갈등으로 점철된 세상에서 강해질 필요가 있다. 문인에게 있어서 강해진다는 의미는 정서의 골을 곱게 다듬는 길이요, 좋은 작품을 써내야 하는 숙명의 길이기도 하다. 그 길은 매우 험준하고 높은 곳이기에 작가들은 고난이라는 수고를 마다해서는 안 된다. 수고를 마다하지 않을 때, 작가의 가치와 작품의 가치는 확고하게 정립되는 길을 걷게 될 것이다. 인문학의 장르 중 가장 험하고 고난도가 높은 것을 들라면 시를 들 수 있다. 그러기에 시인의 길은 고달프고 난해하다. 고달프고 난해한 만큼 시인은 늘 세계와 갈등하고 불화한다. 설령 세계와의 분리와 소외, 결핍과 결여가 존재하더라도 늘 상 자아와 대상이 하나가 되는 꿈을

꾸며 살아가야 한다. 이는 조화를 꿈꾸는 길이기도 하다. 따지고 보면 모든 이들의 현실은 결코 완벽하게 조화롭다거나 또는 완벽하게 질서가 갖추어졌다고 보기는 어렵다. 그 이유 때문에, 그 역작용으로 우리의 정서는 항상 불안하고 파편화된 정서를 지닐 수밖에 없게 된다.

불안하고 파편화된 이 모든 정서들은 표현하고 싶은 욕망을 가로막는 요소가 되며, 표현하고 싶은 욕망의 결핍과 현실에 대한 반작용으로 해석되어 갔다. 그러다 보니 시를 쓰는 작가들은 때로는 스스로 현실로부터 탈주와 이탈을 꿈꾸거나, 나아가서는 보이지 않는 현실 저 너머에 있는 피안의 세계를 동경하기도 한다. 피안의 세계에는 작가의 꿈과 동경이 서정적 의미로 담기게 된다. 나아가 서정적 의미는 서정적 서술의 재료로써, 문학으로 재탄생되며, 서정적 의미의 아름다운 결로 다듬어지게 된다. 그러므로 작품을 통해 미지의 꿈과 동경을 보듬어내지 못한 작가는 진정한 의미에서 시인이라 말할 수 없다. 진정한 시인은 대상이 지닌 세세한 성질을 감각적으로 표현해내고자 하는 욕망을 품어야 하고, 진정한 시인은 대상이 지닌 세세한 성질을 감각적으로 표현해내고자 하는 욕망을 품어야 하고, 이미지라는 고도의 기법을 활용하여 화자라는 가면을 통해 작가의 기쁨과 행복, 불안과 불행과 같은 정서가 하나가 되도록 일치시킬 필요가 있다. 작가의 욕망은 결코 물리적 시간의 흐름이 아니며, 내면의 정서라는 흐름으로 표현되는 실제적 경험의 세계이다. 그 경험의 세계 언저리에 여류 시인

하나가 명상의 영역을 무한대로 확장시키며, 표현이라는 욕구를 거머쥐고 모든 어둠과 밝음을 작품 속에 쏟아부으며 감각적인 정서를 시라는 틀을 짓고 있다.

1. 작은 새의 심장이 퍼덕거린다

예전에 살던 집 옥상에는 예쁜 화단이 있었다

그 화단 양 끝에는 석류나무와 대추나무가 서 있고
화단 담벼락을 타고 넝쿨장미가 흐드러지게 피었었다
장미 옆에는 향기가 짙은 하얀 치자꽃나무가 있고
그 앞에는 노란 수선화가 무리를 지어 피었었다
아침마다 이름 모를 새들의 지저귀는 소리가 들려왔고
꿀벌들이 여기저기서 떼로 몰려와 윙윙대며
부추꽃이나 갓꽃 위에 앉아서 봄을 만끽했다
추석 무렵 느닷없이 찾아온 태풍 때문에
대추 열매가 채 익기도 전에 모두 떨어져 버렸고
떨어진 대추 무더기 옆에 작은 새 한 마리가 쓰러져 있었다
어디를 다쳤는지 날지를 못하고 날개를 파닥거렸다
손바닥 위에 올려놓고 몸 곳곳을 자세히 살펴보니
가슴 근처가 찢겨서 피가 흐르고 있었다
가끔씩 초점 잃은 눈만 떴다 감았다 하고 있었다
새의 가슴에 손가락 한 개를 조심히 대어보니
아직은, 심장이 멎지 않았는지 가늘게 뛰고 있었다
그리곤, 젓가락 같이 가는 두 다리를 바르르 떨었다
그러다 모든 것을 놓아버리고 축 늘어진다

내 손바닥 위엔 작은 죽음이 찾아왔고
내 심장 뛰는 소리는 적막한 날 문밖까지 달려 나갔다

작가의 심장은 매우 작다. 그 작은 심장에도 원동력은 내재되어 있다. 그 원동력을 자꾸 게워내면, 그가 살던 옛집 옥상에는 석류나무와 대추나무가 서 있고, 넝쿨장미 또한 흐드러지게 피어나게 된다. 그 옆에는 향기가 짙은 하얀 치자나무, 노란 수선화가 무리를 지어 피어난다. 시인은 이 모든 것들이 조화를 이루고 하나의 몸체처럼 유기적으로 움직이는 것 같다는 상상을 끄집어낸다. 그것들을 무심히 바라보고 있노라면, 그녀의 물렁한 옆구리의 구릉에 초점 잃은 새 한 마리가 출현한다. 새의 몸체는 작가 본인 모습처럼 지속적으로 눈을 떴다 감는 동작을 되풀이한다. 살아 있어도 죽지도 못한 것 같은, 죽지도 못한 것 같으면서도 살아있는 것 같은 그러한 삶을 영유한다는 것을 '가슴 근처가 찢겨서 피가 흐르는' 한 마리의 새로 은유화 냈을 것이리라. 이러한 표현을 감당해 내는 시인의 표현이야말로 전율감을 느끼게 한다. 이러한 전율적 인지는 김 작가만의 주관적인 인지이다. 또한 이러한 인지는 작가의 무의식적unconscious 인 영역에서 출발한다. 그 출발점은 감수성이 예민한 작가의 내면에 본성적으로 신체화embodicd되어 있음을 살펴볼 수 있다. 그러므로 작가의 삶은 대부분이 은유적metaphorical 이라 말할 수 있다. 이러한 점은 작가의 상상과 심리의 표현으로서 작품의 의미 전달을 활성화시키고 작가의 고유한 가치들이 하나의 이야기 속으로 녹아들면서 영속적이거나 외부적으로 고정화되지 않는 무의식적 색채로서 각양각색으로 나타난다.

2. 입관

싱크대 위에 며칠째 놓여있던 석류 한 알
무더운 날씨 때문인지 껍질이 점점 짓물러지더니
조금씩 멀건 물을 토해내기 시작했다
평온한 시골집 햇살 아래에서
붉은 보석처럼 빛이 났을 석류,
스러진 주황빛 꽃송이 따라
소신공양을 하는지 붉게 죽음을 맞이하고 있다

요양병원에서 지내셨던 아버지도 우리 곁을 그렇게 떠나셨지
석류껍질처럼 짓무른 기억들, 베갯잇에 슬어놓고

과도로 썩은 부분을 도려내자
혀가 잘린 붉은 알갱이들이 걸어 나오고
제 몸에서 꺼낸 흉막처럼 흐물거렸지
검붉게 피멍이 든 씨를 발라내고
안개처럼 불투명한 막과 막 사이를 헤치고

하얀 시트에 덮여 감정이 절제된 철제 침대에
말없이 누워 계시던 아버지
여성장례지도사의 부드러운 손길 아래

온몸에 화려한 꽃을 달고, 남은 가족들의 울음소리를
마지막 인사말처럼 경청하고 있었다

이승의 문 닫히는 소리와
슬픔 배인 침묵이 공중에서 부딪힌다
생의 끝자락, 벌어진 틈을 메우듯
깨끗한 병 속에 석류 알갱이를 쟁이고
그 위에 슬슬 흰 설탕을 뿌린다
마지막으로 병 입구에 비닐을 씌우고
세상의 빛과 소리를 차단했다
육신의 색이 엷어질 때까지

작가는 가끔씩 이렇게 말하곤 한다. 우리 삶은 그 자체가
'삶으로서 은유'라고, 자주 말하곤 한다. 이 말은 작가만의
삶의 철학의 근원은 체험에서 비롯된다는 말이다. 작가에
게 있어서 삶의 철학이란 그가 몸으로 체득한 현실 체험을
말한다. 즉 몸속에 내재된 몸의 철학인 것이다. 몸의 철학
을 일반 독자들에게 폭넓게 또한 쉽고 평이하게 선보이기
위해선 자신만의 개성 있는 사실들을 체화시켜 그 만의 풍
부한 언어적 사례들을 통해 보여준다. 이러한 글쓰기를 하
기 위해선 핵심적으로 의지하고 있는 것이 인지 언어학이
다. 김 시인의 작품에서는 현실감각이 동원된 인지 언어학
의 냄새가 물씬 풍긴다. 그 이유를 입관이라는 작품을 통해
살펴보기로 한다. 입관入館이란 명사로서, 사전적 의미로는
고인의 시신을 관에 넣는 것 또는 염을 한 고인을 관에 넣는

것을 말한다. 석류가 죽은 것이다. 동시에 작가의 부친께서 저 세상으로 떠났다. 우선, 석류의 죽음은, 결국 딱딱한 외피를 남기는 것으로 결부된다. 두껍고 딱딱한 외피는 석류의 관이다. 더 나아가보자. 아버지는 석류껍질 같은 나무 관을 둘러썼다. 주황빛을 발하고, 상큼한 향을 풍기던 석류도 결국은 관속에 갇히게 된다. 작가의 아버지도 결국은 화려한 생을 마감하고 나무 관속으로 들어갔다. 썩은 석류나. 관속으로 들어간 아버지나 그들의 삶은 결국 그의 시각에서 보면 '썩은 부분'이자 제 몸에서 '흉막처럼 흐물거렸'을 현실감각적 인지사항이다. 어찌 보면 아버지와 부조화를 이룬 지난날들이 작가의 내면에 내재되어 있다가 입관된 모습으로 순화되어 작가 앞에 나타난 것이다. 그러므로 작가의 시각에서, 삶이란 삶 그 자체로서 은유화인 것이요 몸의 철학이다.

3. 바람

깊어지는 밤의 사유를 껴안고 그가 떠났다
텅 빈 방 안에 앉아 얼음처럼 딱딱하게
굳어가던 그의 얼굴을 떠올린다
유일하게 남아있던 단 하나의 흔적
어린아이처럼 발을 동동 구르며 울고 싶었다
큰 소리로 오열을 하고 싶었지만
생각과는 달리 허허롭게 헛웃음만 기어 나왔다
미친 여자처럼, 하루를 앓은 여자처럼,

서로가 서로에게 내뱉었던 상처 입힌 말들이

일그러진 마음의 모퉁이를 돌아 투명인간처럼 사라져 갔다

손에 잡힌 모든 것들을 던져버리거나

흐트러트리고 싶었다

세탁 바구니 안에 쌓여있던 빨래 더미를

내팽개치듯 세탁기 속으로 마구 집어던졌다

삼 년 전, 후미진 바닷가에서 보았던

견고한 모래성이 생각났다

꼬리에 비상등을 켠 비행기가 밤하늘을 가로지르며

서쪽으로 날아갔다

무작정 어딘가로 떠나고 싶어진다

아무도 모르게 바람처럼

사라지는 것이 운명은 아니지만,

　김 시인의 시의 중심적 사유는 시간, 사건과 원인, 대상, 현상, 마음, 자아, 지식, 의지, 그리고 수많은 도덕적, 정치적, 사회적 개념 등으로 이어진다. 이러한 작가의 중심적 사유는, 철학적 사상의 발로는 그의 아버지로부터 시작된다. 어릴 적 작가는 매우 가난한 가정에서 태어났다. 빈곤한 가정에서 자라면서 아버지라는 개념은 작가에게 있어 매우 독립적이었다. 그 독립적 개념은 늘 상 아버지에 대한 불신이 되었다. 가정을 내팽개친 아버지에 대한 불신은 오십 대 후반까지 지속되었다고 한다. 그러한 불신은 인과 관계에 있어서 변화가 오기 시작한다. 아버지가 돌아가셔서 입관을 하게 되었다. 입관을 시작하는 그 순간, 작가는 아버지란 존재에 대해 다시 한번 곱씹게 되었으며, 지금껏 자

신의 내면에 억눌려왔던 아버지에 대한 정서들이 한꺼번에 시라는 작품으로 승화되기에 이른다. 그것이 계기가 되었다. 아버지의 부음은 작가가 작품을 써나가는 데, 새로운 전환의 계기가 되었으며, 하나의 패러다임을 이루었다고 볼 수 있다. 그러니까 그의 아버지는 '밤의 사유를 껴안고' 작가의 곁을 떠났으며, 작가는 '텅 빈 방 안에 앉아 얼음처럼 딱딱하게 굳어가던 그의 얼굴을 떠 올리게 했다. 그러다가 아버지에 대해 '유일하게 남아있던 단 하나의 흔적' 떠올리며 '어린아이처럼 발을 동동 구르며 울고 싶'어 한다. 갈등의 경계에서 오열이라는 감정을 찾아낸 것이다. 이 모두가 몸으로 체험하는 그 만의 몸의 철학이요 인지의 발로인 것이다. 이러한 몸의 철학은 의미, 개념이 어떤 식으로든지 신체화되어 있음이요, 상상력으로 이어졌다. 이러한 상상력은 작가만의 하나의 바람이자. 내면의 고백이 되었다.

4. 수국꽃 설화

그녀가 휘청이며 돌계단을 내려갔습니다

합장을 마친 스님은
부슬부슬 내리는 가랑비에 잿빛 장삼이 젖는 줄도 모르고
대웅전 옆, 수국꽃을 한참 동안이나 바라보고 있었습니다
어제까지 수유하던 여자처럼 벙글던 수국꽃은
창백한 얼굴로 꽃잎을 한 장 한 장 떨구며
비를 맞고 있었습니다

"한 번쯤은 뒤돌아볼 만도 한데…"
스님 옆에 서 있던 내가 오히려 안절부절못했습니다
아침 예불 시간에도,
점심 공양을 마치고 모두 함께 차를 마실 때에도,
마치 스님의 그림자 인양
주지 스님의 주위를 배회하던 그녀였습니다

오늘따라 낮은음으로 들려오던 빗소리가
그 두 사람의 울음소리 같았습니다

그날 밤, 법당 안에서는
밤새 기도를 하는 스님의 젖은 목소리가
목탁 소리처럼 쌓이고 또 쌓였습니다

비 그친 법당 밖에는
기도하는 수국꽃의 모습이 풍경소리에 실려
백팔 개의 돌계단을 내려가고 있었습니다
젖은 미소 같은 꽃잎을 한 장 한 장 떨구며

　몸의 철학을 몸소 실천한 맵고 당찬 시인으로 성장한 그
가 서술해 놓은 언어의 의미들은 우리들의 마음속에 착착
들어붙음이 있는 점성粘性이 강한 전율이 되었다. 그 감동
은 가장 뜨겁게, 가장 조용히 그리고 가장 깊은 떨림으로 우
리의 주위를 맴돌고 있다. 그 감동은 사물의 면면들은 다루
어낸 정교한 작업이었기에 매 순간마다 긴장과 고독과 피

나는 노력이 수반된 작업이 되었다. 점성이 강한 전율, 그 일생의 사업은 '부슬부슬 내리는 가랑비에 잿빛 장삼이 젖는 줄도 모르고' 사는 일이었으며 '대웅전 옆, 수국꽃을 한참 동안이나 바라보'는 일이기도 했다. 때로는 '수유하던 여자처럼 벙글던 수국꽃'이기도 했으며 '창백한 얼굴로 꽃잎을 한 장 한 장 떨구며 비를 맞는 일이기도 했다. 이는 우리가 살아가면서 몸소 체험하는 생활 철학에서 비롯되는 것이며, 인간의 인지에 관한 경험적 탐구이기도 하다. 이러한 일련의 작업들은 작가에겐 내면에 내재한 정서적 결을 더욱 섬세하게 갈고 닦음이기도 했으며, 작가만의 정교한 삶의 은유적 체계를 더욱 심오하게 만들어 나아가게 하는 하나의 계기가 되었다. 그러한 작가의 종교는 모태 천주교도이다. 그런데도 불구하고 가끔씩 산사를 찾아 나선다. 산사 찾아 가끔씩 '주지 스님의 주위를 배회하던 그녀'는 '낮은음으로 들려오던 빗소리'가 들려오는 법당을 배회하며 '법당 안에서는 밤새 기도를 하는 스님의 젖은 목소리'를 듣기도 한다. 그럴 때마다 작가의 저 깊은 곳에 자꾸만 쌓이는 스님의 목소리가 그의 가슴에 '목탁 소리처럼 쌓이고 또 쌓'여만 갔다. 쌓인 목탁 소리는 '풍경소리에 실려 백 팔 개의 돌계단'을 내려가고 있었다.

5. 마른 슬픔

하얀 무명으로 된 베로 덮인 아버지가

장례지도사의 근엄한 인상에 의해
기다란 민무늬 나무 관속으로 들어간다
한쪽 구석에서 훌쩍거리고 있던 그녀가 다가와
큰소리로 울음을 토해내며 관을 와락 껴안는다
꺼억, 꺼억, 얼마나 섧게 울던지…
마지막 마무리를 하고 있던 장례지도사가 더 눈시울을 붉힌다
옆에 서있던 그녀의 어머니가 그녀의 손을 붙잡으며
그녀와 함께 차가운 바닥으로 주저앉는다
생전의 아버지에 대한 추억이 그녀의 슬픔을 이끌었던 걸까
그녀가 꽃송이를 아우르며 마지막 인사를 건네자
나무관을 장식하고 있던 꽃송이가
아버지처럼 화사하게 웃었다

그녀의 울음소리에
하얀 꽃송이가 살아있는 듯 미세하게 움직이고 있다
나는 이것을 마른 슬픔이라 명명하고 싶어졌다
생의 습기가 다 빠져나간 아버지의 얼굴처럼
푸석거리던 이 마른 슬픔

　시인의 철학은 인지적인 측면에서 작가의 철학의 중심으로 자리를 잡혀가고, 그 자리에 시인의 삶뿐만이 아니라 삶의 거의 모든 것을 조망할 수 있는 시야를 제공한다. 그 이유는 마음이란 본유적으로 신체화되어 있기 때문이다. 신체화된 마음은 대부분 의식적이든 무의식적이든, 또는 원하든 원하지 않던 추상적 의미가 되어 대체로 은유화되기 십상이다. 이러한 추상적 의미는 작가 마음의 본성이 되어

하나의 의미로 발현되기도 한다. 하나의 의미는, 나는 누구인가? 라는 명제를 존재론으로 부각시키기도 하고. 작가의 이성과 결합하기도 한다. 이렇게 결합된 이성은 우리의 두뇌, 몸, 그리고 신체적 경험의 본성에서 유래한 것으로 밝혀졌다. 이러한 논리적 근거를 누구보다도 빨리 채득한 김 작가는 그가 사유한 '마른 슬픔'라는 작품을 통해서 그의 이성을 표현해 냈다. 살펴보기로 하자. 슬픔은 슬픔이되 '마른 슬픔'이라니? '마른 슬픔은' 그 자체가 특수하게 우리 뇌에 인유 되어 신체화된 인상적인 이성이다. 그에 의하면 그의 시의 모든 시원은 아버지의 죽음에서 발원이 되었다. 아버지의 죽음은 전자에서도 살펴보았다시피 그의 시의 시원이자 종착점이 된다. 시의 종착점은 죽음이자 흰색과 동일시되었다. 아버지에 대한 기억이 하얗던 그녀의 뇌리에 '하얀 무명으로 된 베로 덮인 아버지가 장례지도사의 근엄한 인상에 의해 기다란 민무늬 나무 관속으로 들어' 가는 모습을 체험한다. 그리고 오열을 한다. 울어서 울어서 모두 털어버린 미움이라는 이성을 푸석거리게 만든 작가는 작품을 써 내려가기 시작한다. 그러면서 아버지를 용서하게 되었고, 부모라는 삶에 대해 심오하게 고민해 보게 되었다.

6. 붉은 슬픔

활짝 벙글었던 채송화 꽃잎이 다시 입을 다물고
서쪽 하늘이 붉은빛으로 물들어 가고 있다
오늘따라 유난히 붉은 노을의 이마에

내 이마를 맞대고 스르르 눈을 감아본다

거리를 헤매듯 기억 속을 더듬어 본다

초등학교 1학년 때의 일이었던가

그날도 할머니는 평소처럼 마당의 흙먼지를 쓸고 계셨다

그때 대문이 열리고 중년의 담임선생님께서 들어오셨다

"실례합니다"

"누구시오"

할머니의 투명스러운 목소리에 당황하신 선생님께서는

가정방문을 왔다고 말씀하시면서 어머니를 찾으셨다

하지만 할머니는 못 들은 척하며 뚱한 표정으로

마당만 연거푸 쓸고 계셨다

한참 동안 나와 할머니를 번갈아 쳐다보시던 선생님께서는

말없이 내 머리를 쓰다듬어 주시고는 그냥 오던 길로

되돌아가셨다

나는 알 수 없는 부끄러움에 밖으로 뛰쳐나가

엄마가 오실 때까지 대문 앞에 쭈그려 앉아

막대기로 바닥만 연신 긁어대며 고개를 숙이고 있었다

눈물이 쏟아질 것만 같아 입술을 꽉 깨물었다

고개를 들어보니 담장 위에 걸려있던 노을이

붉게 붉게 나를 내려다보고 있었다

옆집 개 짖는 소리에 감았던 눈을 뜨고

방울토마토 위에 붉게 스며든 노을을 핥아보았다

어둠을 배경으로 우는 울음이 혀끝에 와닿는다

작가의 체험은 결과적으로 어떤 식으로든 마음과 몸, 또

는 우주적인, 또는 몸과 분리된 마음의 초월적인 특성을 지닌다. 이 특성의 세계는 하나하나가 세계의 원초적 터전을 이루는 그야말로 맨몸으로 체득한 육체성을 지니고 있으며, 투명하고도 작가의 집요한 현상학적 시선이 머물러 있는 결정체로 이루어져 있다. 이러한 체험은 작가의 몸 한가운데에 진득하게 들러붙어 있는 이성이다. 이 이성은 우리 인간 몸의 특이성에 의해서, 우리 두뇌의 신경 구조에 의해서 일상적 기능의 세부사항에 의해서 결정적으로 형성된다. 또한 정서의 다양한 형태로 작동하여 작가만의 독특한 예술적 사유와 문양으로 나타나기도 한다. 김 작가 또한 예외는 아니다. 몸으로 체험해서 추상적 이성으로 변형을 시키든, 실제적 이성으로 변형되든, 이 모두를 초월적 의미로 승화되길 염원하고 있는 모습이 엿보인다. '붉은 슬픔'이라는 둔중한 깨달음을 감정이라는 정서로 표현한 부분이 그렇다. 보자, '활짝 벙글었던 채송화 꽃잎이 다시 입을 다물고 서쪽 하늘이 붉은빛으로 물들어 가고 있'는 주체는 채송화다. 물론 채송화의 꽃잎은 다양한 색상이다. 그중에 붉은색의 채송화를 통해 슬픔을 붉음으로 완성해 나아갔다. 지난날의 아픔을 붉은색으로 치환해 자신의 어렸을 적 가난을 에둘러 표현하고 있다. 가난과 아버지, 아버지와 가족사를 몸소 체험한 작가의 삶은 그녀만의 붉은 무늬이다. 또한 거스를 수 없는 숙명의 뒷이야기라는 것을 우린 발견하게 된다. 결론적으로 김 작가의 모든 사유는 몸소 체험한 슬픔이라는 정서가 결정체가 되었으며, 이 결정체는 시라는 동위

원소가 되어 본유적으로 신체화되었으며, 나아가 몸의 철학으로 사유화 되어갔다. 건필을 푼다.

열린시학 시인선 160

붉은 사유가 만발한 서정의 길목

초판 1쇄 발행일 · 2025년 10월 10일

지은이 | 김현경
펴낸이 | 노정자
펴낸곳 | 도서출판 고요아침

출판 등록 2002년 8월 1일 제 1-3094호
03678 서울시 서대문구 증가로 29길 12-27, 102호
전화 | 302-3194~5
팩스 | 302-3198
E-mail | goyoachim@hanmail.net
홈페이지 | www.goyoachim.com

ISBN 979-11-6724-258-7(04810)
ISBN 978-89-6039-754-5(세트)